Sylvia Filz
Sigrid Konopatzki

Das Mondschein-Date ist MEINS!

Auflage Dezember 2019

Sylvia Filz und Sigrid Konopatzki
schreibkatzen@web.de
www.sylvia-und-sigrid.de
Filz und Konopatzki GbR
Lommertzweg 15, 41569 Rommerskirchen
Lektorat: Ana El Karal
Umschlaggestaltung: www.mybookMakeUp.com
unter Verwendung von Motiven
von © istockphoto © msonick

Alle Rechte vorbehalten.
Nachdruck und Verwendung jeder Art – auch auszugsweise – nur mit schriftlicher Genehmigung der Autorinnen.
Alle Personen und Handlungen sind von den Autorinnen frei erfunden. Ähnlichkeiten mit real existierenden Personen oder Orten sind rein zufällig und nicht beabsichtigt.

Wir mögen Geschichten, die sich nah
am realen Leben orientieren.
Unsere Romane haben deshalb
als Grundlage immer ein wahres Ereignis.
Die turbulenten Geschehnisse und die Personen
entstammen unserer Fantasie.
Es macht uns unbändigen Spaß, den Figuren
eine Existenz mit all ihren Facetten einzuhauchen.
Und wenn das Buch an Seiten zulegt,
wird es spannend, denn jede von uns
entwickelt zu einem dieser fiktiven Menschen
eine besondere Zuneigung ...

Viel Spaß!

Sylvia und Sigrid

Das Mondschein-Date ist MEINS! ist die Fortsetzung von

Die Mieze gehört MIR!

Sylvia Filz & Sigrid Konopatzki

Die Mieze gehört MIR!

Happy Days

Roman

und
Das Penthouse bekomme ICH!

♥ 1 ♥

»Du meldest dich, sobald du wieder zu Hause eingetroffen bist?« Arndt hob Paulas Reisetasche in ihren Kofferraum.

»Mache ich.« Paula lief um das Auto herum, um einzusteigen, als er sie zurückhielt und an sich heranzog.

Genau das hatte Paula vermeiden wollen. Sie legte die Handflächen wie abwehrend an seine Brust. »Arndt ...«

»Ich weiß. Du brauchst Zeit. Das habe ich verstanden.« Er gab sie frei und Paula stieg schnell in den Wagen. Sie ließ die Scheibe hinunter.

Diese Gelegenheit nutzte Arndt, um ihr noch einmal über die Wange zu streicheln. »War schön mit dir.«

»Fand ich auch. Danke für das interessante Wochenende.«

Er lachte auf. »Interessant bedeutet irgendwie immer scheiße.«

»Nein, nein, nein!«, wehrte Paula ab. »Wir haben viel gelacht und gelernt habe ich zudem etwas. Hier bei euch in Franken heißen Straußwirtschaften Heckenwirtschaften.«

»Genauso ist es.«

»Außerdem haben wir köstlich gegessen. Mostsuppe, Schäufele und gebackenen Karpfen. Davon werde ich sicherlich die nächsten Tage noch träumen.«

»Das freut mich. Vielleicht begünstigt es das Sehnsuchtspotential und du kommst wieder.«

Paula antwortete nicht darauf, sondern startete den Wagen. Mit den Worten »Nochmals danke« fuhr sie langsam an, hielt die Hand aus dem Fenster und winkte kurz. Dann war sie um die Ecke verschwunden.

Die Autobahnauffahrt war bereits ausgeschildert und jeden Meter ging es ihr besser, der Kopf wurde klarer. Sie musste Lance sehen und dann verstehen, dass es keinen Sinn hatte. Dieser Punkt war bei ihr noch nicht erreicht.

Sie nahm einen tiefen Atemzug. Warum nur hatte sie stets Gefühlschaos? Weshalb trifft es ausgerechnet mich? Mensch! Kaum war sie wieder ein bisschen frei von dem Gefühl für Lance, kam irgendjemand der Freunde und brachte ihn mit aufregenden Neuigkeiten in Erinnerung. In diesem Fall war es Freundin Yasmin gewesen.

Das Weinwochenende hatte so schön angefangen. Nach einer fast staufreien Fahrt war sie in Franken bei Arndt angekommen. Er hatte sie mit einer liebevoll eingedeckten Kaffeetafel für zwei bei sich willkommen geheißen.

Paula war beeindruckt. Ihr Berufskollege, den sie

bisher nur bei gemeinsamen Fortbildungsseminaren getroffen hatte, lebte großzügig. Das Haus war viel komfortabler, als sie es aus seinen Erzählungen kannte. Eigentlich hatte er Understatement pur betrieben. Es war ein offen konzipierter Traum mit Blick auf die Weinberge und den Main.

Am Nachmittag machten sie einen gemeinsamen Spaziergang, der sie in die Weinberge führte. Wie gut, dass Paula Sneakers eingepackt hatte!
Es war eine völlig andere als ihre Küstenwelt mit Meer und Strand, mit Ebbe und Flut. Und es war anstrengend, die Weinberge hochzukraxeln. Das war sie aus dem Flachland nun wirklich nicht gewohnt.

Aber der Weg hoch in die Steillage hatte sich gelohnt. Von dort aus bot sich ein atemberaubender Blick auf den Main. Langsam ging die Sonne unter und tauchte die in Reih und Glied stehenden Weinreben in goldenes Licht.

Hatten sie auf dem Hinweg noch über verschiedene psychologische Fälle gefachsimpelt, gestaltete sich der Rückweg gesprächstechnisch völlig privat. Arndt berichtete neutral von seiner Trennung. »Es ist nun sieben Jahre her. Meine Frau hat sich von mir getrennt, um mit einem anderen Mann nach Mallorca auszuwandern. Sie war schon immer sehr Wärme-affin. Unser Gefilde war ihr zu kalt.« So hatte sie ihren monetären Ehe-Anteil als Finanzspritze erhalten.

»Und? Ist sie glücklich dort?« Paula musste dabei unweigerlich an Lance denken. Würde er wirklich nach Südafrika zurückgehen, wie die Gerüchte besagten? Er sollte doch bald wieder nach Deutschland kommen. Wann denn bloß? Gleichzeitig ärgerte sie sich. Warum dachte sie jetzt an ihn, anstatt die Zeit mit dem attraktiven Arndt, der so angenehm im Umgang war, zu genießen?

Arndt riss sie aus ihren Gedanken an Lance. »Soll ich ganz ehrlich sein?«

»Ja klar.«

»Das ist dann aber keine Antwort aus dem Psychologie-Lehrbuch, sondern eine menschliche.«

»Her mit der menschlichen Reaktion! Die helfen uns Psychologen auf der einen oder anderen Art schließlich auch, wir eiern sowieso immer zwischen Lebenserfahrung und Lehrbuch rum.«

»Ha! Guter Ansatz!« Aber er äußerte sich nicht weiter.

»Hey, jetzt sagst du nichts! Ich warte auf eine Antwort.«

Er drehte sich so, dass er auf den Main blickte. Seine Gesichtszüge verhärteten sich, jedenfalls interpretierte Paula es dahingehend.

»Du, es ist mir scheißegal, wie es ihr dort geht. Ich habe sie seit der Scheidung weder gesehen noch gehört. Sie hat zwar mehrfach danach angerufen, aber ich habe das Gespräch nicht angenommen. Sie hat mich monatelang hintergangen. Das kann, will und werde ich nicht verzeihen. So einfach ist das.« Er wandte sich ihr wieder zu. »Wie ist es so bei dir gelaufen?«

»Eigentlich gar nicht.« Diesen Satz fand Paula dann doch so witzig, dass sie auflachte. »Es waren stets kürzere Beziehungen, nichts Ernstes, bis auf ...« Hier allerdings stoppte sie.

»Bis auf?« Arndt war natürlich hellhörig geworden und er ließ auch nicht locker, bis Paula letztendlich zugab, dass sie in den letzten Wochen verliebt gewesen sei, kommentierte es aber nur mit den Worten: »Es war kompliziert.«

»Und? Überstanden?«

Paula antwortete nicht sofort, sondern sammelte noch Gedanken, wie sie sich ausdrücken sollte.

»Aha, verstanden.« Arndt nickte nur kurz und verließ dann das Thema. »Heute Abend lade ich dich in ein nettes Restaurant ein, dort gibt es den besten gebackenen Karpfen, den du je gegessen hast. Dabei zischen wir ein Bierchen und hinterher gönnen wir uns ein Zwetschgenwasser.«

Das Restaurant entpuppte sich als gehobenes Wirtshaus, das seine Gäste mit fröhlicher Stimmung empfing. Besteck klapperte. Ein gutes Zeichen.

»Hey, ist das urgemütlich«, freute sich Paula.

»Schön, dass es dir gefällt.« Arndt war sichtlich zufrieden, zumal sie tatsächlich den gebackenen Karpfen bestellte und beide mit einem großen Bier anstießen.

Sie verbrachten drei angenehme Stunden, dann ging es in sein Haus zurück. Bevor sich Paula ins Gästezimmer verabschiedete, gab es noch einen Absacker.

Am kommenden Morgen wartete Arndt bereits mit einem üppigen Frühstück auf sie. Die Morgensonne schickte erste Strahlen durch die großen Esszimmerfenster und machte so Lust auf einen schönen Herbsttag in der Natur.

Danach ging es Richtung Würzburg, denn Paula sollte das *Herz* der Weinregion Franken kennenlernen, so ihr Gastgeber. Sie schlenderten über die alte Mainbrücke und besichtigten die Festung Marienberg. Am Nachmittag lernte Paula eine Heckenwirtschaft kennen und hatte ordentlich Spaß. Ihr schmeckte der Wein und später musste sie feststellen: »Ui, ich glaube, ich habe leicht einen in der Kirsche.«

»Dann wird es Zeit, dass du etwas Kräftiges zu essen bekommst.«

Auf diese Weise kam Paula in den Genuss von Schäufele. »Mensch, was ist der Braten zart und erst die Soße ... ich liebe Soßen.«

»Und ich Kartoffelknödel dazu«, ergänzte Arndt lächelnd.

Als sie später nach Hause liefen, die Heckenwirtschaft war nahe Arndts Haus, legte er den Arm um Paulas Schulter. Sie ließ es geschehen.

Sie entschieden sich noch für einen gemeinsamen Tee.

Während Arndt das Teewasser aufsetzte, stand Paula an den großen Terrassenfenstern und schaute in die Dunkelheit hinaus. Sie sah mehr oder weniger beleuchtete Häuser und sich bewegende Lichtpunkte. Das waren die abendlichen Rundfahrten der Schiffe auf dem Main. Darüber hatte Arndt während des Essens gesprochen. »Wenn du wiederkommst, machen wir das zusammen. Es ist wirklich sehr schön.«

Sie war so in ihren Betrachtungen versunken, dass sie ihn nicht kommen hörte und erst bemerkte, als er ganz nah hinter ihr stand. Es war ein aufregendes, aber noch verwirrendes Gefühl und sie wusste nicht, wie sie reagieren sollte.

»Gefällt dir der Ausblick?« Er legte eine Hand auf ihre Schulter.

»Sehr. Es ist wie ...« Paula brachte den Satz nicht

zu Ende, denn ihr Handy meldete eine WhatsApp und die Entscheidung wurde ihr abgenommen.

»Sorry, aber es könnte wichtig sein ...«

♥ 2 ♥

Die freudig überschwappende Nachricht kam von Yasmin.

Yuhuuu, Urlauberin! Ich hoffe, dir geht es dort unten richtig gut. Hannes und ich haben gerade beschlossen, eine Thank-you-Party bei uns zu veranstalten für die Hilfe und Unterstützung aller Help for friends Mitglieder. Samstag in zwei Wochen. Passt das für dich? Nur zur Info: Lance kommt übrigens auch.
Tschüssi und genieß die Frankenzeit!

Yasmin hatte ein GIF drangehängt von einer weinbeduselten jungen Frau und zusätzlich ein sich vor Lachen ausschüttendes Smiley hintendran geklemmt.

Die ersten Sätze ließen Paula noch schmunzeln, aber dann kam die kalte Dusche. Lance würde zur Party kommen.
»Was ist los? Schlechte Nachrichten?«, fragte

Arndt und warf ihr einen prüfenden Blick zu.

»Wie man es nimmt«, orakelte Paula.

Arndt nickte nur und kümmerte sich um den Tee. Sie saßen eine Weile zusammen, sprachen aber nur noch Belangloses, bis Paula den Abend beendete.

»Hab vielen Dank, Arndt. Morgen muss ich aus verschiedenen Gründen leider schon abreisen. Ich hoffe, du nimmst mir das nicht übel?«

»Natürlich nicht.«

Sie wünschte ihm eine gute Nacht, umarmte ihn kurz und zog sich in das Gästezimmer zurück.

Einschlafen konnte Paula zuerst nicht. Lance turnte durch ihre Gedanken, sein Lächeln, die schwarze Haarsträhne, die ihm immer ins Gesicht fiel, die Art, sich zu bewegen. All das sorgte dafür, dass sie ihren Herzschlag im Ohr hörte und sich hin und her wälzte.

Zu Hause hätte sie aufstehen und sich etwas zu trinken holen und dann zur Not vor dem Fernseher abhängen können. Hier ging das nicht. Blöderweise hatte sie ihren e-Reader nicht mitgenommen. So blieb ihr nur das Handy, mit dem sie im Internet surfte, um sich die schlaflose Zeit zu vertreiben.

Was war nur los mit ihr? Der unentschlossene Lance hatte so viel Aufmerksamkeit gar nicht verdient! Vielleicht würde man sich nie auf ihn verlassen können – heute so, morgen so. Ein ganz anderes Kaliber war da Arndt. Aber es fehlte halt etwas – eine Winzigkeit, die genau den Unterschied ausmachte, den man nicht erklären konnte, der das Herz höher schlagen ließ, der Einlass in die geheimsten Wunschträume erhielt. Dagegen war man einfach machtlos oder die Zeit zeigte, wie man das vergaß oder man musste so einen vor den Bug bekommen, dass man die Schnauze gestrichen voll hatte oder oder oder ...

Ihre Freundinnen würden jetzt schimpfen. Sie oderte wieder.

Automatisch fanden ihre Finger auf Facebook das Profil von Lance. Und was sah sie? Einen Post mit Foto. Rückflugticket nach Good old Germany. Ja, das passte mit Yasmins Party, der Flieger kam an dem Tag an. Unweigerlich betrachtete sie erneut seine Fotos. Und genau bei diesem Mann hüpfte ihr Herz.

Warum konnte es nicht einfach sein? Arndt war in sie verliebt. Weshalb konnte sie nicht schockverliebt in ihn sein?

»Valentin ist total euphorisch, dass ihr grillen werdet.« Fenja verdrehte genervt die Augen. »Fleisch und nochmal Fleisch. Als wenn eine Feier ohne nichts wäre.« Sie stellte die Kaffeetasse auf dem Tisch in Yasmins Büro ab.

Die grinste. »Das ist eben so. Hannes freut sich, den Grillmeister geben zu können und die Jungs von der Wache überbieten sich immer selbst mit Tipps für das beste Grillfleisch, jedenfalls war es bisher so. Du, ein Würstchen esse ich auch gerne und Paula ist ebenfalls eine fleischfressende Pflanze.«

Fenja seufzte. »Hast recht. Übrigens nett, dass du zeitig genug Bescheid gesagt hast, damit an dem Abend Schwiegermama übernimmt. Sie ist nämlich augenblicklich viel daheim, mein Schwiegervater fühlt sich nicht wirklich gut.«

»Das tut mir total leid. Ich mag ihn echt gern. Aber ich habe das bereits zu Mellys Restaurant-

Eröffnung gemerkt. Er wirkte ruhiger als sonst und sah auch blasser aus.«

»Sobald es ihm eine Spur besser geht, wird sie wieder voll da sein, da sei mal sicher. Sie scharrt doch jetzt schon ungeduldig mit den Hufen, ist sie einen einzigen Tag nicht im Hotel. Ich befürchte, mit Ruhestand wird das nichts. Sie hat einfach Energie wie ein Hightech-Hochspannungsmast.«

Yasmin kicherte. »Sag lieber, wie ein Duracell-Häschen, klingt netter.«

»Aber ein ganz schön Freches.« Fenja dachte an ihre Hochzeitsvorbereitungen, die Schwiegermama Carlotta ihr gut durcheinandergewirbelt hatte. Obwohl: Die Hochzeitstorte wiederum hatte sie nach Emilies Zuckerblütenfresserei gerettet, nachdem die dekomäßig ruiniert und nicht mehr präsentabel gewesen war.

»Und ein absolut Pfiffiges.« Mit diesen Worten holte Yasmin sie aus ihrer Gedankenreise zurück.

»Das sag mal! Sie hat Melly wieder ins Hotel geholt und ich wette, sie hatte ihre Tentakel im Spiel mit dem Penthouse. Leider kann man ihr dazu keinen Quietscher entlocken.« Fenja hätte zu gerne mehr Infos gehabt, aber Carlotta wiegelte jeden Vorstoß in diese Richtung gekonnt ab.

»Ist letztendlich nicht wichtig. Hauptsache, Melly ist in ihrer neuen Wohnung happy.« Yasmin konnte das gut nachempfinden, denn seit sie mit Hannes zusammenlebte, war auch ihr Glück vollkommen. Jedenfalls fast. Ein Heiratsantrag, das wäre die Krönung, Hannes hatte nämlich so eine Andeutung gemacht. Das behielt sie aber vorsorglich für sich. »Weißt du eigentlich, wann Taro endgültig nach Deutschland kommen wird?«

»Nee, das weiß Melly selbst nicht. Da gibt es noch bürokratische Hürden.« Fenja trank ihren Kaffee aus. »So, dann will ich mal wieder.«

Während Fenja zu ihrer Arbeit an den Empfang zurückging, rief sich Yasmin den nächsten Termin auf. In einer halben Stunde kam eine aufgeregte Braut, um eine Bridal Shower zu buchen. In einem Vorgespräch hatte sie schon Vorlieben und Abneigungen erfahren, sodass sie entsprechend geplant hatte. Sie legte sich alles zurecht und lehnte sich danach zufrieden zurück. Würde sie selbst bald ihre eigene Bridal Shower mit ihren Freundinnen feiern? Was für ein aufregender Gedanke!

Melly steckte den Kopf durch Yasmins Bürotür.

»Heiho! Alles gut?«

»Klar! Und bei dir?«

»Auch. Bin fast ausgebucht heute Abend.«

»Das freut mich für dich.«

»Ich habe deine WhatsApp mit der Einladung für die Thanky-you-Party bekommen. Du weißt schon, dass ich nicht kommen kann? Gerade ist das Restaurant eröffnet, ich stehe, bis auf wenige Helfer, allein auf weiter Flur.«

»Ich weiß.« Ein bisschen schlug das schlechte Gewissen bei Yasmin. »Aber wir kriegen nur alle an einem Samstagabend unter einen Hut.«

»Mach dir darüber keine Gedanken«, tröstete Melly. »Ich könnte sowieso weder an einem Nachmittag noch an einem Morgen. Augenblicklich ist das einfach nicht drin. Job first, sozusagen. Wenn sich alles eingespielt hat, gibt es auch freie Tage, vorher jedoch nicht. Das ist halt das Manko an meinem Job.«

»Echt schade. Aber vielleicht hast du Lust, nach

Schließung des Restaurants auf einen Absacker vorbeizuschauen?«

»Das ist eine coole Idee. Je nachdem, wann ich schließen kann ...«

»Du bist jederzeit willkommen und die Party endet sicherlich erst weit nach Mitternacht, so wie ich alle Pappenheimer kenne«, grinste Yasmin.

»Ich schau mal. So, nun muss ich mit den Vorbereitungen loslegen. Bis später.«

»Bis dann.«

Schon war Melly verschwunden.

Dagegen habe ich es gut, dachte Yasmin zufrieden. Ich habe eine feste Stundenzahl, die ich selten überschreiten werde. Köchin wäre echt nicht mein Ding.

Melly eilte jedoch nicht in die Küche, sondern schnellen Schrittes zur Rezeption.

»Fenja, kann ich dich ganz kurz sprechen?«

»Na klar.« Sie drehte sich zu ihrer Kollegin. »Bea, übernimmst du für ein paar Augenblicke?« Fenja kam um den Empfangstresen herum. »Worum geht es?«

Beide wanderten zu einer gemütlichen Couch in der Lobby und setzten sich.

»Wo drückt der Schuh?«, fragte Fenja, ein wenig besorgt.

»Ich brauche deinen Rat, Cousinchen.«

»Ich bin ein bisschen nervös.« Melly knetete ihre Hände. »Ich habe deine Schwiegermutter um ein Gespräch gebeten. Du weißt schon, wegen Taro.«
»Und wo ist dein Problem?« Fenja sah Melly verwundert an.
Die pustete angespannt die Luft aus. »Sie denkt schließlich, ich habe Taro extra zur Eröffnung eingeladen, um sie zu überraschen.«
Fenja kicherte los. »Lass sie das denken! Die Gute darf alles essen, aber nicht unbedingt alles wissen.«
»Nur wie soll ich das aufrecht erhalten? Geht doch gar nicht. Wir wollen das Restaurant gemeinsam führen. Und wir leben dann auch im Penthouse zusammen. Sie ist ja nicht dumm.«
»Nee, aber geschäftstüchtig. Taro hat sich immerhin einen Stern erkocht, wie du. Sei sicher, da beginnen ihre Augen genauso wie die Sterne zu blinken! Sag ihr einfach, er ist deinem Ruf gefolgt, weil er in dich verliebt war und hat es dir hier gestanden.«
Melly überlegte. »Ganz gelogen ist es ja nicht. Er

hat wirklich gesagt, er liebt mich.«

»Sieht doch ein Blinder mit dem Krückstock. Und das war auch bei der Eröffnung so was von offensichtlich. Ihr seid ein verliebtes, gut eingespieltes Team. Das schwappt auf die Gäste über – und dann schmeckt es sowieso doppelt so gut. Weißt du schon, wann Taro kommt?«

Mit Bedauern schüttelte Melly den Kopf.

In diesem Augenblick rauschte Carlotta von Sellbach um die Ecke.

Beide Mädels erschraken, erwischte die Chefin sie doch beim Smalltalk und nicht bei der Arbeit. Aber ihre Besorgnis war grundlos.

»Moin, ihr zwei. Das trifft sich gut. Melly, haben Sie schon Zeit für das Gespräch? Ich würde es gerne etwas vorziehen. Das käme meiner Tagesplanung entgegen.«

»Ja natürlich.« Melly stand sofort auf, rief Fenja noch ein aufgeregtes »Tschüss, bis später!«, zu und folgte Frau von Sellbach in ihr Büro.

Die bot ihr dort per Handgeste einen Platz in der Besuchercouch an. Das war ein gutes Zeichen, durften da doch nur ausgewählte Gäste sitzen. »Kaffee?«, wurde Melly gefragt.

»Das ist nett, aber nein, danke. Ich will mich gar nicht lange aufhalten, das Restaurant ist fast ausgebucht und ich muss mit den Vorbereitungen starten.«

»Das Restaurant *ist* ausgebucht.«

»Ein Tisch ist noch frei und ...«

»Den habe ich vor wenigen Minuten an gute Freunde vergeben«, lächelte Carlotta von Sellbach zufrieden. »Ich habe ihn aber auch pflichtbewusst ins System eingespeist.«

»Oh ...« Mellys Gedanken rauschten. Da sorgte ihre Chefin für optimale Auslastung. Wie hatte sie das denn wieder gemacht so am frühen Morgen?

»Was führt Sie zu mir, Melly?«

»Eine zukünftige Änderung für das Restaurant ...« Mit den ersten Worten zitterte ihre Stimme noch, dann wurde sie flüssiger und zum Schluss sprudelten die Sätze nur so aus ihr heraus.

Frau von Sellbach hörte zu, unterbrach sie nicht ein einziges Mal.

»So sieht das aus«, endete Melly und spürte ihren Herzschlag bis in die Ohren.

»Was für ein Gewinn für unser Haus! Ich freue mich, Melly, und natürlich ganz besonders, dass Sie privat auch Ihr Glück gefunden haben.«

Mit dieser offenen positiven Reaktion hatte Melly nicht gerechnet, aber ihr fielen die Steine kiloweise von den Schultern.

Frau von Sellbach stand auf. »Prima, dann sehen wir einer köstlichen Zukunft entgegen. Wir werden sicherlich des Öfteren bei Ihnen speisen. Und nun muss ich mich verabschieden, ich will wieder nach Hause, mein Mann braucht mich, jede Kleinigkeit strengt ihn im Augenblick unwahrscheinlich an.«

Melly sprang auf. »Danke, Frau von Sellbach. Liebe Grüße an Ihren Mann und von Herzen gute Besserung.«

Kaum hatte Melly ihr Büro verlassen, klatschte Carlotta von Sellbach in die Hände und kommentierte das für sich selbst mit einem begeisterten »Ja!«

Konnte es besser laufen? Nein! Ihr Hotel beherbergte in Zukunft nicht nur eine Sterneköchin, sondern zusätzlich einen Sternekoch! Das bedeutete zwei tolle Werbesternchen! Wie gut, dass sie seinerzeit einer engagierten und aufstrebenden, jungen Köchin die Möglichkeit gegeben hatte, sich ihren Neigungen entsprechend zu verwirklichen und sie – wenn auch schweren Herzens – nach Japan vermittelt hatte. Nun bekam sie die positive Quittung dafür.

Der Tag begann gut – ginge es heute ihrem Ulrich noch eine Spur besser, wäre der Tag perfekt.

Ein weiteres Mal lief sie in die Lobby zu ihrer Schwiegertochter Fenja.

»Bitte sei so lieb und übernimm das Büro. Ich möchte direkt nach Hause, der Arzt kommt gegen Mittag und da muss ich zugegen sein.«

Fenja nickte pflichtbewusst. »Selbstverständlich. Wünsch Ulrich gute Besserung.«

»Mache ich gern.« So schnell, wie Carlotta herangerauscht war, war sie auch schon wieder verschwunden.

Mist, dachte Fenja. Büroarbeit. Wie lästig! Das war eindeutig nicht ihr Ding! Sie lebte für die Arbeit am Empfang, *das* machte ihr Spaß. Sie mochte den Kontakt zu den unterschiedlichsten Gästen. Sie liebte die verschiedenen Sprachen und sie hatte eher im Kopf, noch eine weitere zu erlernen, anstatt in einem geschlossenen Raum rumzusitzen und Rechnungen umzublättern, Konditionen zu verhandeln oder Smalltalk mit den Geschäftspartnern zu machen ...

Schweren Herzens übergab sie erneut an Bea und schob ab in das Büro ihrer Schwiegermutter.

Es gab reichlich zu tun, daher sank ihre Laune von

Minute zu Minute. Das sollte ihre Zukunft als Hotelchefin sein? Nee, darauf hatte sie wirklich null Bock! Das wollte sie so nicht und ließ sie sich nicht überkübeln.

Hier musste wohl eine passendere Lösung her.

Eine Stunde später klopfte es und Yasmin trat ein. »Bea sagte, du bist hier.«

Fenja seufzte nur auf.

»Oje, da kommen Wellen von Frust auf mich zugeschwappt.«

»Das kannst du wohl sagen. Ich glaube, ich lasse Valentin den Großteil für heute Nachmittag, wenn er hier sein wird. Der hockt gerne in diesem Kerker.«

Yasmin kicherte los. »Kerker! Ich sehe ein gediegenes Büro in einem wunderschönen Altbau. Hohe Decken, Stuck, große Fenster zum Parkplatz hin. Das ist spannend. Da ist auch immer etwas los. Und du brauchst nur den kleinen Finger zu betätigen für den Knopf am Telefon und schon kommt Cappuccino oder Kaffee oder Gebäck oder ...«

»Hör auf *rumzuodern*, das überlassen wir Paula.« Fenja überlegte einen Augenblick. »Da wir gerade von Paula sprechen. Ist sie eigentlich nach Franken gefahren, zu ihrem Kollegen?«

»Joah! Ich bin total gespannt, was sie berichten wird. Vielleicht ist er endlich der richtige Mann für sie.«

»Ich glaube, sie bekommt Lance nicht aus dem Kopf.«

»Den habe ich übrigens auch zur Party eingeladen. Und er hat zugesagt.«

»Weiß das Paula?« Fenja war alarmiert.

»Ich habe es ihr geschrieben.«

»Sag jetzt nicht, am letzten Wochenende, wo sie in Franken war.«

»Doch. Sie muss es schließlich wissen.«

»Auweia, falsches Timing, Yasmin.«

»Wieso?«

»Stell dir vor, da unten haben sich zarte Bande entwickelt und du haust ihr Lance dazwischen.«

Einen Moment überlegte Yasmin. »Oh ... jetzt verstehe ich, was du meinst. Ach herrje ...«, sie schlug betroffen eine Hand vor den Mund. Dann lenkte sie ab. »Mein Termin gerade war erfolgreich. Die Braut hat schneller gebucht als gedacht und ich habe nun ein bisschen Zeit. Soll ich dir helfen?«

Fenjas Augen blitzten auf. »Das wäre klasse. Ich lasse uns ein Mittagssüppchen kommen.«

»Perfekt.«

»Was meinst du, sollen wir Paula einfach mal anrufen und die Lage peilen?«

Paula freute sich über den Anruf ihrer Freundinnen.

»Das ist ja eine tolle Idee von euch! Ich sitze gerade hier in der Raststätte und gönne mir Currywurst mit Pommes rot-weiß. Das brauchte ich irgendwie für mein Nervensystem.«

»Ah, war es so aufregend bei deinem Kollegen?«, wollte Yasmin wissen.

»Wie man es nimmt«, wich Paula aus. »Das Essen war klasse, wir sind in den Weinbergen gewesen und Würzburg habe ich auch noch kennengelernt. Eine echt schöne Stadt.«

»Durch Würzburg fließt doch ...«

»Die Würz!«, haute Paula gutgelaunt dazwischen.

»Die Würz? Äh ... also ... die Würz?« Yasmin war sichtlich verwirrt.

Paula brach in ungehemmtes Lachen aus. »Dich kann man aber auch immer aus dem Konzept bringen. Natürlich der Main, Yasminileinchen!«

»Mann, ey!«, beschwerte sich Yasmin.

Paula hört Fenja glucksen, die dann gleich fragte: »Und wie ist die Sachlage? Ziehst du bald dorthin?«

»Spinnst du?«, kam es sofort und laut durch den Hörer. »Wie kommst du denn auf das schmale Brett?«

»Na, attraktiver Berufskollege mit Eigenheim, wie du vorher erzähltest, ein hochromantisches Kurzurlaub-Wochenende in den Steilhängen eines beliebten Urlaubsortes, einige leckere Weinchen ...«, Fenja hatte sichtlich Spaß, »das öffnet so manche Schranken.«

»Wir haben uns auch beruflich ausgetauscht«, tat Paula etwas lahm kund.

Yasmin prustete los. »Auch?«

»Was ihr immer denkt!« Und dann bestätigte Paula leider Fenjas Vermutung, denn sie fragte: »Und Lance kommt ganz bestimmt? Ich hatte irgendwie gehört, er bleibt länger in Südafrika.«

Nach dem Telefonat war Yasmin betroffen. »Ich habe es genau verkehrt gemacht. Ich dachte, sie kann sich so besser darauf einrichten und wird nicht damit überrascht. Schlauer wäre gewesen, gar nichts zu sagen.«

»Es ist jetzt, wie es ist. Lance und auch Paula sind erwachsen. Wenn sie sich verhalten wie die Kinder, können wir nichts dafür.« Davon war Fenja tatsächlich überzeugt. Sie war das Hickhack leid. »Ich mag Lance total, aber als Frau hätte ich ihn schon längst abgeschrieben. Na ja, vielleicht krallt sie sich ja doch noch ihren Kollegen in Franken.«

»Das wäre blöd, sie müsste umziehen. Und diese vielen Kilometer bis in den Süden Deutschlands – wir würden uns maximal einmal im Jahr sehen, darauf wette ich.«

»Dann wünsch dir bloß, dass sie Lance aus dem

Kopf bekommt, der spielt schließlich mit dem Gedanken, nach Südafrika zurückzugehen.«

»Uuuh ...«, entfuhr es Yasmin entsetzt, »das hatte ich völlig verdrängt.«

Paula indessen verließ die Raststätte deutlich beschwingter, als sie diese betreten hatte. Currywurst und Pommes hatten ihr geschundenes Seelchen gestreichelt und das Gespräch mit den Freundinnen war nicht nur lustig, sondern auch aufbauend gewesen. Diese neugierigen Eulen!

Sie hatte zwar zugegeben, dass Arndt durchaus attraktiv und nebenbei eine gute Partie sei, dafür jedoch mittendrin klar durchklingen lassen, dass sie ausschließlich beste Kollegen waren. Hoffentlich hatten die beiden ihr das abgekauft.

Ich will erst die absolute Sicherheit für mich selbst, dachte sie.

Arndt war wirklich der perfekte Gastgeber gewesen. Beinahe wäre sie schwach geworden bei diesem tollen Mann. Aber könnte er für sie auch die große Liebe werden? Schwierig, das jetzt zu beantworten und deshalb im Nachhinein gut, dass Yasmin die WhatsApp geschickt hatte.

Sie würde nun Lance wiedersehen. Okay, das hieße jedoch, die Sache zu forcieren. Sie wollte und brauchte eine ganz klare Linie.

Und sollte das kläglich scheitern, lockte irgendwie noch dieses Mondschein-Date. Das hatte sie nun schon mehrfach gedanklich in Angriff genommen und war jedes Mal ausgebremst worden mit Informationen über Lance, die ihr wieder einen Hauch von Hoffnung gaben.

Ein Mondschein-Date – nicht zu wissen, wen man

datete, hatte durchaus etwas Prickeliges. Sogenannte *Matching-Points* sollen die große Liebe garantieren – funktionierte das überhaupt? Übereinstimmungen schön und gut. Doch letztendlich, empfand sie, bleibt es das größte Geheimnis des Lebens oder ganz medizinisch gesagt des Gehirns, warum man ein Gegenüber sexy und anziehend findet, ob es prickelt und knistert oder eben nicht.

Nur wo genau befand sich im Gehirn diese spezielle Schaltstelle?

Das Single-Portal bot als Einsteiger- beziehungsweise Light-Version auch normale Dates an. Man sah also seinen Date-Partner vorher mit Foto. Weniger Risiko, aber genauso weniger Spannung.

Vielleicht sollte sie diese Variante zum Anwärmen ausprobieren, sofern es mit Lance ... Shit, das war er wieder, der Mann, der ihre Gedanken dominierte.

Pack es an, Paula, sagte sie zu sich selbst und straffte sich. Wenn du es jetzt nicht höchstpersönlich und schnell in die Hand nimmst, bleibst du ewig Single. Und dann heiratest du letztendlich als Fossil mit Krähenfüßen an den Augenwinkeln und Plisseefalten um den Mund einen Kerl, der auch übrig geblieben ist. Resterampe.

Sie schüttelte sich. Was hast du wieder für saublöde Gedanken, Paula? Dafür hast du nicht Psychologie studiert – oder gerade deswegen?

Die kommenden zwei Wochen vergingen wie im Flug.

Paula hatte neue Patienten bekommen, die sie erst kennenlernen musste, so fiel sie abends wie ein Stein ins Bett. Und schaffte sie es, länger aufzubleiben, zeichnete sie die letzten Karikaturen für das Buch, das sie Fenja und Valentin zu ihrer Nachfeier überreichen wollte.

In jedem Fall würde sie es vorher Yasmin zeigen, die hatte eine subtile Art von Humor und ein gutes Feingefühl, während sie selbst ja oft übers Ziel hinausschoss. Wenn die Karikaturen-Sammlung bei ihr punktete, war sie rund.

Je näher es auf den Samstag und Yasmins Party zuging, umso nervöser wurde Paula.

Erst überlegte sie einen Friseurbesuch, entschied sich dann aber dagegen. Ich sehe gut aus, empfand sie, als sie sich prüfend vor dem Spiegel betrachtete und ihre Mähne schüttelte. Außerdem sollte Lance nicht denken, sie wäre extra wegen ihm zum Friseur gerannt.

Blieb noch die Kleiderfrage. Sie war unschlüssig und rief deshalb Yasmin an.

»Puh«, antwortete Yasmin vorsichtig, weil sie wusste, worauf Paulas Frage abzielte, »ich habe keine Ahnung, wie die anderen kommen werden. Wir sind teilweise drinnen und draußen. Ich trage meine neue Jeans und ein langärmeliges Shirt.«

»Somit eher leger.«

»Wir grillen doch, also darf es ruhig etwas rustikaler sein. Warum ziehst du nicht deinen tollen Jumpsuit an, der steht dir bombig.«

»Findest du?«

»Und wie! Der macht eine klasse Taille und einen sexy Hintern.«

»Okay, dann trage ich den. Dankeschön. Gibt es noch irgendetwas, was ich mitbringen soll?«

»Ausschließlich dich.«

Der Partytag brach an und Paula tat nichts anderes, als sich über Stunden zu stylen. Ein schwerer Rückfall in die Teeniezeit, dachte sie, amüsiert über sich selbst. Jede Wimper sollte sitzen. Heute musste alles perfekt sein!

Mit einer Flasche Sekt unter dem Arm traf Paula bei Yasmin und Hannes bewusst eine Viertelstunde verspätet ein. Schon während sie in die Straße einbog, hatte sie nach dem Auto von Lance Ausschau gehalten, jedoch vergeblich. Also war sie die Erste. Schade, andersrum hätte es ihr besser gefallen. Es wäre ihr Auftritt gewesen.

Fenja und Valentin waren bereits anwesend und umarmten sie liebevoll.

»Chic siehst du aus!«, lobte Fenja sie. »Die Farbe steht dir, macht deinen Teint so frisch.«

»Danke!« Hoffentlich fand Lance das auch. Verstohlen sah Paula auf ihre Armbanduhr. Bei jedem Klingeln blickte sie hoffnungsfroh zur Tür, nur um enttäuscht zu werden.

Nun war das Haus voll. Die Männer standen mit Flaschenbier auf der Terrasse um den Grill, als umkreisten sie eine Trophäe, während die Mädels den ersten Sekt im Wohnzimmer tranken. Ihnen war es draußen zu frisch. Der Herbst hatte Einzug gehalten, der Wind fegte kühl um die Ecken und warum dann die angenehme Atmosphäre verlassen?

Yasmin hatte ein kleines Buffet mit verschiedenen Salaten, Brotsorten und Dips vorbereitet und Paula lief das Wasser im Mund zusammen.

Ein Handy meldete sich. »Oh, meins!« Yasmin lief zum Sideboard. Sie starrte auf das Display. »Eine Nachricht von Lance.«

Paulas Herz wummerte abrupt gegen ihre Brust.
 Ehe sie weiter vermuten konnte, was Lance schrieb, verkündete es Yasmin schon.
 »Och nö, Lance kommt nicht.«
 Paula fühlte einen schmerzhaften Stich in ihrem Herz. Weshalb kam er nicht? Sollte sie fragen?
 Fenja war schneller. »Und warum nicht?«
 »Seine Maschine hat Probleme. Sie mussten zwischenlanden. Er wird erst morgen früh hier sein.«
 Na klar, dachte Paula, die am liebsten in sich zusammengesunken wäre. Da style ich mich den ganzen Tag – und alles für die Katz!
 In diesem Augenblick kam Smokey um die Ecke und strich ihr maunzend um die Beine. Sie war dankbar für diese Unterbrechung, denn sie spürte die Augen von Fenja und Yasmin auf sich. Deshalb bückte sie sich und streichelte dem Kater über sein rabenschwarzes Fell. »Na, Smokey, alter Kumpel, wartest du auch auf Grillfleisch?«
 Und als gäbe er ihr Antwort, miaute er laut und schaute sie dabei aus seinen unergründlichen Augen

an. Dann hatte sich Paula wieder gefangen und lächelte in die Runde. »Tja, armer Lance, Pech gehabt. Ihm entgeht eine tolle Party!«

»Und leckeres Essen«, steuerte Fenja bei, »er bekommt jetzt nur so ein Alufolienfr...«, sie stoppte noch rechtzeitig, »Alufolienessen.«

Obwohl Paula zuerst dachte, der Abend sei für sie gelaufen, fand sie doch Gefallen an der Gesellschaft der anderen und hatte nicht nur Spaß mit den Freunden der *Help for friends* Truppe, sondern ebenfalls mit den Polizeikollegen von Yasmin und Hannes.

Sie führte ein längeres Gespräch mit Marys querschnittsgelähmten Mann Dominik, den sie schon kurz bei Mellys Restauranteröffnung kennengelernt, aber noch keine weiteren Worte gewechselt hatte. Er erzählte ihr von seinem Schicksal und sie war erstaunt, wie gut er es nun annahm, obwohl er zugab, wie furchtbar die erste Zeit im Rollstuhl gewesen war. Sie beleuchtete mit ihm alle Facetten seiner Gefühle auf professionelle Art und er fühlte sich verstanden, nicht wissend, dass er einer Psychologin gegenüber saß.

Mit einer gewissen Aufregung berichtete er von einem Vorstellungsgespräch in der kommenden Woche.

Seine Frau Mary kam dazu. »Wir sind überglücklich«, strahlte sie. »Dominiks größtes Problem der letzten Monate war, untätig zu Hause rumzusitzen. Nun hat er wenigstens wieder mal ein Gespräch. Bisher kamen immer nur Absagen.«

»Und was ist das für ein Job?«

»In der Leitstelle. Der Chef des örtlichen Rettungsdienstes saß bei Mellys Restauranteröffnung mit an unserem Tisch. Wir haben uns gut unterhalten und er war interessiert an Dominiks Story. An dem Abend ist aber gar nichts passiert. Ein paar Tage später hat er angerufen und gemeint, es würde ein Job frei, ob sich Dominik nicht offiziell bewerben wolle. Die Besetzung einer solchen Stelle folgt natürlich gewissen Vorgaben. Selbst wenn er sie nicht bekommt, hatte er wenigstens eine Chance, sich persönlich vorzustellen.«

»Ich will diesen Job!« Dominik war richtig energiegeladen. Das wiederum tat Mary unendlich gut. Sie sagte es nicht laut, aber seine Unzufriedenheit mangels Beschäftigung war manchmal schwer zu ertragen, kam sie nach einem anstrengenden Dienst nach Hause.

»Das ist dann Schichtarbeit, nicht?«, fragte Paula.

»Klar. Damit habe ich keinerlei Probleme. Ich habe früher als Polizist ja auch Schichten gefahren und Mary tut es jetzt noch.«

»Wann muss ich dir die Daumen drücken?«

»Mittwoch um elf.«

Fenja stand derweil bei ihrer Freundin Mariana, die seit einiger Zeit mit Mick zusammen war.

»Schade, dass Mick nicht mit dabei ist«, bedauerte Fenja.

»Ist doch nicht so schlimm. Übermorgen kommt er wieder. Er konnte diesen München-Termin leider nicht verschieben.«

»Aber dir geht es gut dabei?«

»Du glaubst gar nicht, wie schön die Reise mit Mick war. Und wie aufregend. Ich war noch nie bei Shootings dabei. Ich wusste überhaupt nicht, wie aufwendig so etwas ist. Und wie professionell Mick arbeitet. Trotzdem hatten wir beide genügend Zeit für uns. Bali ist großartig. Wir haben uns so viel angeguckt, also nicht nur die weißen Strände. Das erste Mal in meinem Leben habe ich in echt Wasserbüffel und Reisfelder gesehen. Total beeindruckend! Und wie hart die Arbeit der Menschen ist! Ich esse Reis jetzt mit einem völlig anderen Gefühl. Lass es mich Dankbarkeit nennen.«

Fenja staunte. Mariana hatte sich deutlich verändert. Lag es an Mick und seiner unkonventionellen Art, mit der Yasmin so gar nicht klargekommen war? Ein Thema brannte ihr auf der Seele.

»Darf ich dich etwas ganz Persönliches fragen, Mariana?«

»Klar, schließ los!«

»Auf meiner Bridal Shower hattest du doch erzählt, dass du Evas Brautstrauß gefangen hast und nächstes Jahr heiraten wirst ...« Fenja ließ den Rest des Satzes offen.

Mariana wurde ein bisschen verlegen. »Stimmt. Was soll ich machen, ich habe mich in Mick verliebt und von Philipp getrennt. Ich weiß, eine Verlobung auflösen, das sorgt für reichlich Wirbel in den Familien, aber ich konnte nicht anders. Ich habe gemerkt, dass mir etwas fehlte. Lebendigkeit, weißt du? Philipp ist ja eher der Couchmensch und ich will raus, möchte die Welt sehen, reisen, unterschiedliche Menschen kennenlernen. Das war alles nichts für ihn. Er wollte unbedingt Kinder. Und das schnell. Ich selbst bin mir noch unschlüssig, ob ich überhaupt welche haben möchte.«

Fenja nickte nur, denn sie bemerkte, wie rot Mariana angelaufen war.

Die rechtfertigte sich weiter. »Irgendwie war es auch ein bisschen Gewohnheit bei Philipp und mir. Wir kennen uns schon so lange. Klar war er erst geschockt, aber letztendlich hatten wir mit der Trennung nicht solche Schwierigkeiten wie unsere Eltern. Für die ist unsere gelöste Verlobung ein echtes Unglück.«

Beruhigend klopfte Fenja ihr auf die Schulter. »Du hast doch alles richtig gemacht, rechtzeitig die Reißleine gezogen, bevor du verheiratet bist und das Drama noch größer wird. Und außerdem hast du ein Recht auf dein ganz persönliches Glück.«

»Das hast du schön gesagt.« Dankbar sah Mariana Fenja an.

»Jeder ist für sein Glück selbst verantwortlich. Genieße die Zeit mit Mick. Verliebtsein ist so ... so ... einfach gut!« Fenja suchte den Blickkontakt durch die Terrassentür zu Valentin, der ihr zulächelte. Eine Woge liebevoller Gefühle überflutete sie. Ja, Valentin war ihr Traummann. Nicht immer vertraten sie dieselbe Meinung und oft rieben sie sich aneinander, nichtsdestotrotz bestanden die Grundpfeiler ihrer Beziehung aus tiefer Liebe und Respekt.

Yasmin trat zu ihnen. »Na, ihr zwei, alles gut?« Dann legte sie den Arm um Marianas Schulter. »Wie war es denn mit Mick auf Bali? Erzähl mal.«

Mariana ratterte los. Da Fenja das alles schon gehört hatte, gesellte sie sich zu Paula, die sich soeben einen kleinen Vorspeisenteller gönnte.

»Bist du traurig, wegen Lance?«, fragte sie leise.

»Na ja, ein bisschen, wenn ich ehrlich bin.«

»Da kann er allerdings jetzt nichts für, das ist tatsächlich höhere Gewalt«, nahm Fenja Valentins besten Freund in Schutz.

»Ich weiß. Du kennst doch aber das Gefühl, wenn einem die einzige Eiskugel von der Waffel rutscht und auf dem Bürgersteig landet?«

Fenja kicherte los.

Die Party war auf dem Höhepunkt, als Mitternachtsgast Melly, im Gepäck japanische Desserts, eintraf.

Die Mädels stürzten sich sofort auf Grüntee-Eis, Kokosgelee sowie Sesampudding, und Melly wurde für die süßen Delikatessen gebührend bewundert.

Ein bisschen später bat sie Fenja, Paula und Yasmin um Rat. »Ich habe heute eine Reservierung reinbekommen.«

»Freu dich doch. Oder ist das ein Restaurantkritiker oder eine Schulklasse oder sogar ...«

Fenja schlug nach Paula. »Lass sie ausreden, Mensch!«

Melly schluckte. »Es ist ausgerechnet Roland Bierböck mit seiner Versicherungscrew.«

Paula giggelte los und auch Fenja konnte sich ein Grinsen nicht verkneifen. »Ist doch nicht schlimm, du bekochst ihn wundervoll. Du brauchst ja nicht aus der Küche rauskommen, solange er da ist.«

»Murphysches Gesetz. Genau an diesem Tag habe ich nur eine einzige Bedienung verfügbar. Ich muss also ab und zu mit raus.«

Yasmin überlegte kurz, den Zeigefinger ans Kinn gelegt. »Wann ist das denn genau?«

»Es ist ein Freitagabend.« Sie nannte ihr das Datum.

»Wir haben erst am Samstag eine Bridal Shower. Wenn du möchtest, könnte ich am Freitag einspringen. Ich bin zwar nicht gelernt, aber eine Hilfe wäre es allemal.«

»Das würdest du tun?« Melly sah ihre Freundin mit großen Augen an.

»Logo.«

Um zwei Uhr traten die ersten Partygäste die Heimreise an. Unter ihnen war Melly, die vor Müdigkeit am liebsten auf der Stelle eingeschlafen wäre. Paula nutzte somit die Gelegenheit, sich ebenfalls zu verabschieden.

»Melly, kann ich dich zu einem Brunch morgen einladen?«

»Wenn ich vor halb elf nicht erscheinen brauche, gern.«

♥ 6 ♥

Paula hatte den Frühstückstisch liebevoll eingedeckt.

Sie freute sich auf Melly, von der sie einen Rat brauchte und sie hechtete zur Tür, als ihre Freundin vorfuhr.

»Ui, ich werde schon erwartet.« Melly huschte hinein und gleich durch ins Esszimmer. »Oh Jubel, sieht das lecker aus! Mit Rührei – das liebe ich.«

»Weiß ich doch.«

Während die zwei frühstückten, schüttete Paula ihr Herz über Lance aus. Ungeschönt. Außerdem berichtete sie von ihrer Anmeldung beim Online Dating Portal.

»Und jetzt wollte ich von dir wissen, was ich tun soll. Du bist immer so tough, du traust dich was. Du bist allein nach Japan gegangen, hast dir dort locker einen Stern erkocht, dich ins Fernsehen getraut, du bist wieder hierhergekommen, gleich mit einer Idee für ein Restaurant und hast nebenbei mal eben eine Wohnung eingerichtet. Beneidenswert. Ich brauch einfach dein Input.«

»Du, das sind aber zwei verschiedene Paar Schuhe. Ich bin ausgewandert, hab mein Leben selbst in die Hand genommen und etwas daraus gemacht, weil ich es von Herzen wollte. Da sind ganz andere Gefühle unterwegs als bei einer Beziehungskiste.«

»Mut ist doch notwendig.«

»Klar. Nur bei meinen Aktivitäten ziehe *ich* die Fäden. Mit einem Mann, den man nicht kennt, ist das nicht so. Man sieht einem Fremden immer nur vor den Kopf. Ich finde das mit den Speed Dates, Blind Dates, Mondschein-Dates und wie sie alle heißen irgendwo spannend, aber für mich wäre das nichts. Ich persönlich lerne einen Menschen erst einmal gerne so kennen. Bei diesen herbeigewünschten, irgendwie künstlich hergestellten Kennenlernen weiß man nie, ob da einer bei ist mit Fehlfunktionen. Krass gesagt, ich hätte Angst, an einen Mann zu geraten, der mir was antut, sobald die Tür hinter uns zugefallen ist.« Sie schüttelte sich angewidert.

»Ein Psycho also.«

»Wenn du das so deutlich sagst ...«

Paula schlug die Hände vors Gesicht. »Och nee«, seufzte sie, »an diese Möglichkeit habe ich gar nicht gedacht. Irgendwie macht doch Dreiviertel der Singlewelt solche Arten von Dates. Ich habe bisher nicht gehört, dass jemand bei so einem Date abgemurkst wurde.«

»Die können ja auch niemanden mehr warnen«, gibbelte Melly los, wurde aber gleich wieder ernst. »Das mit dem Dating ist ja nur meine persönliche Ansicht. Ich könnte das nicht, dafür bin ich kein Mensch. Auf der anderen Seite verstehe ich dich schon. Mein Rat als Freundin: Meldet sich Lance die ganze Woche nicht, versuche es halt mit diesen Internet- oder App-Dates. Nur hab irgendwo ein Back-Office, jemand, der weiß, wo du hingehst.«

»Komm, ich zeig dir das Portal, wo ich mich angemeldet habe. Aber ganz persönliche Daten sind noch nicht drin, dafür hat es bisher nicht gereicht.« Paula holte ihren Laptop und fuhr ihn hoch. »Mich faszinieren irgendwie solche Mondschein-Dates. Man kennt sein Gegenüber nicht, also auch kein Bild. Der Partner wurde nach sogenannten Matching Points ausgewählt. Die größtmögliche Übereinstimmung, das muss doch was werden.«

»Puh!« Melly stöhnte auf. »Was nutzt es, wenn die Region stimmt, in der er wohnt, sein Beruf zu deinem passt, seine Reisegewohnheiten mit deinen korrespondieren und er genauso gerne sportelt wie du, aber es nicht britzelt. Ein Computer mit irgendeinem Algorithmus kann doch nie Gefühle berechnen, Paula! Die Liebe hat ihre eigenen Gesetze.«

»Also schön.« Paula klappte schnell und entschlossen den Laptop wieder zu. »Ich warte einfach ab, was diese Woche passiert.«

Erleichtert atmete Melly aus. »Würde ich auch.«

»Wie sieht es denn bei dir aus? Was macht Taro?«

»Wir skypen jeden Tag. Und ich kann es kaum erwarten, bis er ganz hier in Deutschland aufschlägt.«

»Verstehe ich.« Und ein bisschen beneidete sie ihre Freundin. Sie brauchte nur warten, das Glück kam dann von selbst zu ihr. Ihrs war irgendwie verschollen ...

Als Melly wieder gefahren war, dachte sie noch lange über das Gesagte nach. Unrecht hatte sie nicht, Computer können Liebe nicht berechnen. Gut so. Aber es war ein Ansatz, eine Möglichkeit, aus einer Begegnung Liebe wachsen zu lassen.

Nichtsdestotrotz nagte nun eine gewisse Unsicherheit an ihr.

Sie griff zum Hörer und rief Yasmin an. »Ich wollte dir nur Danke sagen, tolle Party gestern.

Die freute sich. »Du, Hannes ist vor Kurzem zum Dienst gefahren. Hast du Lust, aufs Land rauszukommen? Es sind noch Reste da, die könnten wir uns reinziehen. Ich will allerdings in den Garten, der muss winterfest gemacht werden, also harken, schneiden und andere sportliche Betätigungen.«

»Au ja, ich helfe! Wann passt es dir?«

»Sofort.«

»Super! Bin schon unterwegs.«

Keine Stunde später arbeitete sie, gut eingemummelt und mit Gartenhandschuhen von Yasmin versehen, gemeinsam mit ihrer Freundin. Yasmin harkte Laub, Paula schichtete es in große grüne Gartentaschen.

Nebenbei quatschte sie mit Yasmin übers Thema Dating. »Melly sieht das so ...«

Yasmin betrachtete es anders. »Ehrlich gesagt, dann kannst du vor allem Angst haben. Auch ein Partner, mit dem du einige Jahre zusammen bist, kann sich verändern, dich ohne Grund aus heiterem Himmel schlagen oder anderweitig körperlich angehen. Das weiß ich aus meiner Zeit als Polizistin. Ein Restrisiko bleibt immer. Ich glaube, man muss sich ein dickes Fell zulegen, besonders als Single. Blöde, langweilige oder grausam abgedrehte Dates werden zwangsläufig dabei sein. Du musst eben einen längeren Atem haben und dich nicht von der ersten schlechten Erfahrung abschrecken lassen.«

»Es ist echt schwierig. Ich bin beruflich engagiert und oft habe ich am Wochenende noch nicht einmal Lust, auszugehen.« Paula schaufelte Blätter in eine nahezu gefüllte Gartentasche. »Hast du davon noch welche? Die ist gleich voll.«

Yasmin holte eine Weitere und Paula sprudelte wieder los. »Und geht man raus, lernt man nur Frösche kennen, als säße da der Ramsch des Restemarktes, während die Turbo-Schnitten zu Hause mit Netflix streamen. Das ist natürlich Blödsinn, ich weiß das auch. Aber ich finde halt nicht die passende Stecknadel im Heuhaufen. Also wäre Online-Flirten gar nicht so übel. Jedenfalls für den Anfang, da kann man sich wenigstens aussuchen, mit wem man flirtet – und vor allen Dingen, wann man es beendet.«

Yasmin grinste. »Auf Knopfdruck.«

»Genau. Hat somit was.«

»Ich muss die Schmetterlingssträucher runterschneiden.« Yasmin legte die Harke an die Seite. »Hier sind wir fertig. Hast du noch Lust?«

»Klar«, sagte Paula großspurig, obwohl sie ihre Hand in den Rücken stemmte, der sich von der ungewohnten Arbeit schon meldete. Sie sog tief die kühle Luft ein. »Das ist echt ein andersartiges Sportprogramm. Mir ist warm geworden.«

Ihre Freundin grinste. »Das beste Aktivitätsprogramm ever. Du trainierst alle Muskeln, kannst nebenbei quatschen und tust zudem was Sinnvolles. Okay, dann hole ich die Gartenscheren. Wie schön, dass ich zwei habe!«

Sie zeigte Paula, wie und wo sie schneiden sollte.

Die ging auch mit Elan an die Sache ran.

»Wenn wir damit fertig sind, binden wir die Zweige zusammen. Übermorgen kommt der Bündelmüll, dann sind die weg.«

»Mensch, du hast ja echt Ahnung vom Garten.«

»Ich liebe diese Arbeit. Buddeln, schneiden und wässern. Und man sieht vor allen Dingen die Erfolge. Im Frühjahr beginnt es mit Schneeglöckchen und Krokussen, dann folgen die Tulpen und so geht es über das Jahr mit Ginster, Flieder, Phlox, Rosen, Dahlien, Mohn, Hortensien, Schmetterlingssträuchern, Margeriten, Hibisken weiter bis in den Herbst mit den schönen Astern und den Winterblühern, wie Christrosen. Toll ist auch die Zaubernuss und vor allen Dingen der Winterschneeball, darin könnte ich mich immer wieder verlieben. Wenn die ihre hübschen kleinen Blüten zeigen, bin ich echt happy.«

Paula betrachtete ihre Freundin. Sie hatte von der kalten Luft und der Arbeit rote Wangen bekommen. Sie selbst sicherlich ebenfalls.

Aber etwas hatte ihr Yasmin voraus. Den glücklichen Gesichtsausdruck. Mensch, ich muss aufpassen, dass ich nicht so eine angesäuerte Tussi werde mit diesen grimmigen Falten um den zusammengepressten, mäkeligen Mund.

Dann waren auch die drei Schmetterlingsgewächse runtergeschnitten und die Zweige mit Paketschnur gebündelt.

»Die sehen nun echt traurig aus, findest du nicht auch?«, meinte Paula und beäugte die hüfthohen Stümpfe der vorher über zwei Meter hohen Pflanzen mitleidsvoll.

»Das muss so. Sie treiben im nächsten Jahr ordentlich aus und werden richtig prächtig. Aber jetzt gehen wir rein und gönnen uns einen wohlverdienten, heißen Tee. Genug gearbeitet. Komm!«

♥ 7 ♥

Yasmin brachte den dampfenden, duftenden Tee an den Tisch, stellte Teegebäck dazu und Paula knabberte mit Heißhunger an den Plätzchen. »Nach getaner Arbeit schmeckt es doppelt gut«, gestand sie. Sie sah durch das Fenster hinaus. Heute gab es ein besonders schönes Lichtspiel. Am Nachmittag hatte sich die Sonne blicken lassen, welche nun am Horizont hinter dicken Schäfchenwolken verschwand und den Garten und die angrenzende Landschaft in satten Rot-, Gelb- und Grüntönen leuchten ließ. Die Dämmerung brach herein. »Schön sieht das aus.«
»Finde ich auch«, stimmte ihr Yasmin zu. »Diese wenigen Minuten muss man genießen, gleich ist es dunkel.«
»Der Tee schmeckt super«, lobte Paula und nahm einen erneuten Schluck. »Kräftig, und trotzdem nicht bitter.«
»Es ist eine spezielle Kräutermischung. Ich trinke ihn total gern.«
»Du, ich fand den Nachmittag richtig toll. Ich fühle mich extrem gut. Dankeschön für diese garten-

technische Erfahrung. Ich habe in dieser Hinsicht ja null Ahnung.«

»Merkt man, denn *noch* fühlst du dich gut. Lass erst einmal morgen den Muskelkater durchkommen.«

»Bei mir doch nicht!«

»Du kannst gerne wiederkommen und helfen«, griente Yasmin sie an. »Doch um nochmals auf das Thema von vorhin zurückzukommen«, sie griff nach einem Keks, »ich an deiner Stelle würde warten, bis Lance wieder im Lande ist. Ihr beide habt euch jetzt so lange umkreist, aber seid trotzdem aus der Umlaufbahn geflogen.«

Bei diesem Vergleich lachte Paula auf.

»Ich hole uns die Überbleibsel von gestern, ich habe echt Hunger auf etwas Herzhaftes.«

Yasmin plünderte den Kühlschrank, während Paula Teller und Besteck deckte. Wie schön, Freunde zu haben, dachte sie dankbar.

Auf dem Weg zurück in die Stadt flogen die Gedanken nur so durch Paulas Kopf.

Es war eigenartig. Melly, die toughe, energische und mutige Frau traute sich in puncto Online-Partnersuche nichts zu, während die sonst eher zurückhaltende und vorsichtige Yasmin in dieser Hinsicht kaum Bedenken an den Tag legte. Genau umgekehrt hätte Paula gewettet.

Sollte sie mit ihren Aktivitäten wirklich noch warten?

Einloggen im Online-Flirt-Portal war sicherlich nicht verkehrt, einfach checken, wer sich melden würde. Im Prinzip könnte beides parallel laufen und so wäre sie ein bisschen abgelenkt ... oder doch nicht ... oder doch ... oder verzettelte sie sich oder war das grundverkehrt? Schwierig, schwierig ...

Letztendlich entschied sie sich, Fenja noch anzurufen. Sie wusste, sie hatte heute frei und war sicherlich so für ein längeres Gespräch offen. Sie warf einen prüfenden Blick auf die Uhr in ihrem Armaturenbrett. Kurz nach sieben, in einer halben Stunde wäre sie daheim, das passte.

»Oje, du klingst aber nicht wirklich gut«, Paula hatte ein feines Gespür für Stimmlagen.

»Tja, ich weiß selbst noch nicht, ob es ein guter oder ein schlechter Tag war«, stöhnte Fenja ins Telefon.

»Was ist denn passiert?«

»Ich habe mich heute mit meinem Stiefvater getroffen. Bernd ist extra hierhergekommen, um mit mir zu sprechen.«

»Oha, es geht um die Trennung von deiner Mutter, nicht?«

»Genau. Ich habe vorsichtig nachgehört, ob sich das nicht wieder einrenken kann, ich mag meinen Stiefvater nämlich unheimlich gern.«

»Und?«

»Leider nein. Er möchte nicht mehr. Wenn es nur unsere Hochzeit gewesen wäre! Aber auch vorher schon hat sie ihm Szenen gemacht, sagt er jedenfalls. Und ich habe keinen Grund, das in Frage zu stellen. Bernd war immer ehrlich.«

»Also hat die Hochzeitsfeier ein fast volles Fass zum Überlaufen gebracht.«

»So ist das. Er hat mir dann Beispiele genannt, die mich echt schockiert haben. So kenne ich meine Mutter nicht, obwohl ich weiß, dass Ansätze zu einem derartigen Verhalten vorhanden waren. Als Teenie habe ich einiges am Rande mitbekommen, aber es hat mich damals nicht wirklich interessiert. Ich war mit mir beschäftigt.«

Paula kicherte. »Für uns war der Sitz der Frisur extrem wichtig und in welcher Jeans unser Po am besten zur Geltung kommt, damit uns die Jungs in der Disco bloß hinterhergucken.«

»Ich sehe, du erinnerst dich genauso wie ich.«

»Ich fand unsere Teeniezeit klasse, besonders, wenn wir einen Lachflash nach dem anderen bekamen und gar nicht mehr aufhören konnten.«

»Klar. Wie gut, dass wir noch nicht wussten, wie ernst das Leben sein kann.«

»Sorry, ich habe dich gerade unterbrochen.«

»Nicht schlimm. Jedenfalls bleibt Bernd bei der Scheidung. Er hat sich beruflich versetzen lassen und ist umgezogen. Zweihundert Kilometer weit weg. Du siehst, für meine Mama gibt es kein Happy End.«

»Und wie sieht sie das?«

»Leider anders. Sie glaubt tatsächlich, Bernd kommt zu ihr zurück. Tut er aber nicht und ich verliere einen wunderbaren Stiefvater.«

Kurz kam Fenja das letzte Gespräch in den Sinn. »Er weiß meine Küche zu schätzen«, hatte ihre Mutter hoffnungsfroh gesagt. »In unserem Alter fängt man nicht von Neuem an. Die Scheidung hat er nur eingereicht, um mich zu schocken. Er zieht sie noch zurück.«

Fenja hatte darauf nichts erwidert. Die ganze Sache ging ihr eh so an die Nieren, da brauchte sie keine langen Diskussionen mit ihrer unbelehrbaren Mutter. Sie würde das Ergebnis schon sehen. Und leider hatte sie sich alles selbst zuzuschreiben.

»Ach, bleibt ihr nicht in Kontakt?«, fragte Paula.

»Doch, das haben wir vor, nur gehört er halt nicht mehr zur Familie. Ob wir uns zukünftig noch regelmäßig treffen? Ich weiß es nicht. Ich werde allerdings mein Verhalten zu ihm nicht ändern, egal, was meine Mama will.«

»Dann wünsche ich dir damit viel Glück«, haute Paula raus, entschuldigte sich jedoch gleich. »Ich meine, ich habe deine Mutter live erlebt ...«

»Schon gut, ich verstehe das richtig. Aber verlassen wir das unangenehme Thema jetzt.«

»Ich komme gerade von Yasmin. Stell dir vor, ich habe geholfen, den Garten winterfest zu machen.«

»Ich fasse es nicht!«, kicherte Fenja. »Du und Arbeit im Garten? Bei deinen Fingernägeln?«

»Ich hatte Gartenhandschuhe an.«

»Und die haben deine Mördernägel nicht durchstochen?«

»Du übertreibst wieder schamlos. Und ehrlich, mir hat das Spaß gemacht.« Paula lachte auf. »War wie eine Therapie für mich.«

»Dann hat's ja gepasst, Frau Psychologin. Übrigens ist Lance gerade hier. Willst du ihn sprechen?«

Und ehe Paula überhaupt reagieren und etwas sagen konnte, hatte sie ihn am Telefon und hörte seine Stimme, die sie wegschmelzen ließ.

»Hi Paula, hier ist Lance. Geht's dir gut? Alles im grünen Bereich?«

»Ja, ganz prima. Und dir?« Paula hätte sich in den Hintern beißen können, aber ihr fiel nichts weiter ein. Warum nur versagte ihre Schlagfertigkeit bei diesem Kerl?

»Auch gut. Bin gerade von einer Reise zurück.«

Blödmann, dachte sie. Von einer Reise! Sie wusste ja, dass er seine Familie besucht hatte. Weshalb sagte er das nicht? Sie war in dem Sinne doch keine Fremde, er hatte ihr schließlich seinerzeit von seiner Family in Südafrika erzählt.

»War's schön?«

»Und wie! Hab meine Batterien aufgeladen.«

»Aha.«

»Ja dann ...«

Er wollte doch wohl das Gespräch jetzt nicht abbrechen? Noch in dieser Schrecksekunde für Paula haute er hinterher: »Bis bald mal.«

»Bis bald«, sagte sie lahm und hatte schon wieder Fenja am Telefon. »Ich gehe ins Schlafzimmer, somit können die Herren sich hier im Wohnzimmer breit machen.«

Paula hörte die Schritte ihrer Freundin. »So, nun bin ich außer Hörweite. Ich bin total enttäuscht. Ich hab gedacht, ich reiche ihm den Hörer und ihr werdet euch verabreden. Aber nichts da.«

»Dann ist das eben so.« Paula versuchte, ihrer Stimme Stärke und eine Spur Gleichgültigkeit zu geben. Wahrscheinlich war es ihr nicht gelungen. Dafür kannten sie sich viel zu gut.

Sie beendete das Gespräch danach recht zügig, weil sie nicht garantieren konnte, doch noch in Tränen auszubrechen. Aber jetzt hatte sie endlich einen Entschluss gefasst.

♥ 8 ♥

Mit einem dicken Kloß im Hals und unbändiger Enttäuschung loggte sie sich in das Dating Portal ein.
  Sie las noch einmal die Werbung, die als Versprechen rüberkam. Nur Singles mit ernstgemeinten Absichten, aktive und attraktive Mitglieder, überdurchschnittlich erfolgreiche Matching-Funktion, Möglichkeit zur Video-Erstellung, Single-Events und Mondschein-Dates in Ihrer Nähe.
  Bei einem Werbepunkt musste sie doch kurz auflachen: Persönlichkeitstest auf psychologischer Basis. Aha.
  Ihre Finger flogen nur so über die Tastatur. Dann war alles eingegeben, was ihr wichtig erschien. Mit einem Foto tat sie sich allerdings schwer. Sie wollte nicht, dass man sie erkannte. Es konnte schließlich sein, dass einer ihrer Patienten sich ebenfalls hier tummelte. Von zwei Männern wusste sie nämlich, dass sie im Netz auf der Suche nach einer Partnerin waren.
  Letztendlich fand sie ein Bild von sich, dass sie

nicht deutlich erkennen ließ, aber trotzdem ihren Typ und ihre Figur wiedergab. Damit war sie zufrieden.

Für sie kamen Dates nur in den Nachbarstädten in Frage. Deshalb googelte sie auch gleich die verschiedenen Locations, Cafés und Restaurants, die geeignet wären. Das dauerte.

Wie hatte Yasmin gesagt? »Erwarte bloß nicht zu viel! Du hast hohe Ansprüche, die werden nicht alle erfüllen können, zumal du die Messlatte ziemlich weit nach oben hängst. Das macht schnell verkniffen und schreckt ab. Hab einfach Spaß. Erzwingen lässt sich sowieso nix. Das Leben zeigt dir manchmal eben erst auf ganz blöden Umwegen, was gut für dich ist, damit du dein Glück schätzen lernst. Ich habe es auf die brutal harte Tour erfahren, aber bin trotzdem dankbar. Ich lebe nämlich noch. Und das gar nicht schlecht.« Dann hatte sie Paula umarmt. »Wird schon!«

Sie wollte ihren Laptop gerade runterfahren, als die erste Antwort eintrudelte.

Ihre Lebensgeister waren geweckt, Lance an die Seite gedrängt. Sie musste sofort wissen, wessen Interesse sie da so schnell angeschoben hatte ...

Yasmin hastete am kommenden Morgen ins Hotel. Irgendwie war sie nicht in die Pötte gekommen.

Sie hatte tatsächlich verschlafen. Kein Hannes konnte sie wecken, er hatte Dienst. Deshalb ging natürlich alles husch husch und ausgerechnet Smokey machte ihr einen Strich durch die Rechnung. Erst rannte er wie blöd durch die Wohnung und überflüssigerweise gegen seinen Wasserpott, der sich über den Küchenboden entleerte. Na toll!

Völlig unüblich verschmähte er sein Sachet Lachs mit Soße und sie musste ihn mit Thunfisch ködern. All das kostete Zeit, die sie eigentlich nicht hatte!

Und zu allem Überfluss hatte man stadteinwärts eine Baustelle mit Ampel eingerichtet, sodass sie zusätzliche Minuten verlor.

Nun war sie eine knappe Viertelstunde zu spät. Hoffentlich bemerkte das Frau von Sellbach nicht!

Wenigstens in diesem Punkt gab es Entwarnung. Fenja winkte sie heran und ehe sie überhaupt Moin sagen konnte, ratterte Yasmin schon los. »Sorry Fenja, ich weiß, ich bin über die Zeit, aber ...«

»Völlig egal«, schmetterte ihre Freundin die Entschuldigung ab. »Ich wollte dir nur sagen, Carlotta fällt mindestens für die nächste Woche aus. Man hat meinen Schwiegervater heute Nacht ins Krankenhaus eingeliefert.«

Yasmin erschrak. »Oh nein! Ist es sehr ernst?«

»Wir wissen es noch nicht. Die Untersuchungen laufen. Und ich darf wieder ins ungeliebte Büro.« Fenjas Gesicht sprach Bände. »Na ja«, versuchte sie zu relativieren, »es ist eine Notsituation.«

»Richte ihm viele Genesungswünsche aus, wenn es möglich ist.« Yasmin sah auf die Uhr. »Ich muss mich beeilen. In einer halben Stunde kommt eine Braut.«

Schnell eilte sie in ihr Büro und legte sich alles zurecht, was sie zeigen und vorschlagen wollte.

Mittlerweile wusste sie, was gut ankam. Die Haarreife waren so beliebt, dass sie sich einen entsprechenden Vorrat angelegt hatte. Auch die goldgepunkteten Strohhalme wurden gerne genommen genauso wie die weißen und rosafarbenen Luftballons. Die Muffins mit Frosting in den Bridal Shower Tönen, die Mini-Donuts und die Petit Fours mit passender Glasur fanden reißenden Absatz.

Als sie so ihr Arbeitsmaterial durchging, erfüllte sie tiefe Zufriedenheit und Freude. Alles richtig gemacht! Sie fühlte sich hier wohl.

Das Hotelleben hatte sie zusätzlich in ihren Bann gezogen. Es war genauso abwechslungsreich wie ihr ehemaliger Polizeidienst, nur nicht so traurig.

Plauschte sie im Café mit Hotelgästen, erfuhr sie immer interessante Geschichten. Sie liebte diese Unterschiedlichkeit der Menschen und ihre Ansichten.

Der Termin verstrich – es kam keine Braut. Sie wartete die akademische Viertelstunde ab. Nichts. Ihr Telefon schellte und eine aufgelöste junge Frau meldete sich. Zuerst verstand Yasmin gar nichts, dann wurde ihr klar, dass es ihre Braut war. Sie schilderte atemlos einen Auffahrunfall, stand noch immer mit ihrem nicht mehr fahrtüchtigen Wagen an der Unfallstelle.

Yasmin wusste aus ihren Zeiten als Polizistin sehr genau, wie aufgeregt und kopflos manche Menschen reagierten, obwohl es nur Blech- und keinen Personenschaden gab. Sie versuchte deshalb, die junge Frau zu beruhigen.

»Das Wichtigste ist doch, Ihnen ist nichts passiert. Alles andere ist nebensächlich. Wir vereinbaren einfach einen neuen Termin.«

»Ja, geht das? Ich wäre Ihnen so dankbar! Ich könnte schon morgen.«

»Ich schau mal eben in meinen Terminkalender.« Für den morgigen Tag gähnende Leere. Yasmin tippelte ein wenig auf ihrem Computer, das machte schließlich Eindruck. »Es wäre noch ein Termin um zehn Uhr frei, oder wahlweise am späten Nachmittag, um fünf.«

Die Braut gurrte verzückt ins Telefon: »Oh danke! Wie schön! Dann nehme ich direkt den um zehn.«

Nach der Verabschiedung mit ein paar aufmunternden Worten freute sich Yasmin. Besser konnte es nicht laufen. So war auch der morgige Tag gut ausgefüllt, nur was mit dem heutigen anfangen? Vier Stunden ohne Arbeit lagen vor ihr.

Da kam ihr eine Idee.

»Brauchst du Hilfe? Mein Termin hat abgesagt.« Yasmin schaute durch Carlotta von Sellbachs Bürotür.

Fenjas Gesicht, einer Essiggurke gleich, hellte sich sofort auf. »Echt?«

»Ja doch, wenn ich dir das sage.«

»Komm reeiin, komm reiheeiin«, sang Fenja in den höchsten Tönen.

»Ich hole eben meine Handtasche und die Jacke. Dauert nicht lang.« Kaum war sie weg, war sie schon wieder da. »Dann zeig mir, was ich tun soll.«

Knapp zwei Stunden später war das Meiste abgearbeitet – von Yasmin. »Ich weiß gar nicht, was du hast, mir macht das echt Spaß.«

Fenja sah sie verständnislos an. »Kapier ich nicht. Das ist das Letzte, was ich machen möchte. Mein Job draußen am Empfang ist tausendmal interessanter.«

»Siehste, das wär nichts für mich. Hier ist es doch toll. Man hat seine Ruhe, kann alles nacheinander in Angriff nehmen, keiner schreit nach einem, keiner pöbelt rum, weil er nicht der Erste ist und ich brauche keinen bedienen, dem eine Laus quer über die

Leber gerannt ist.«

»Ich danke dir jedenfalls. Kannst morgen wiederkommen«, scherzte Fenja.

Aber tatsächlich stand Yasmin am anderen Tag nach ihrer Arbeit wieder mit glänzenden Augen in der Tür. »Kann ich was für dich tun?«

»Oh yeah! Diesen Scheiß hier rechts. Ich hole uns einen Cappuccino, ja?«

»Das klingt super.«

Und so kam es, dass Yasmin in der Vertretungszeit von Fenja die eigentliche Arbeit einer Hotelchefin übernahm. Fenja staunte nur, wie schnell ihre Freundin begriff und alles stoisch abarbeitete. Das, was sie hätte sein sollen, eine würdige Vertretung für ihre Schwiegermutter, war in Wirklichkeit Yasmin.

Am kommenden Tag machte sie ihr nach Absprache mit Valentin ein Angebot.

»Sag, hast du Lust, deinen Halbtagsjob vorübergehend auf einen Ganztagsjob aufzustocken?«

♥ 9 ♥

»Fenja, so viel gibt die Bridal Shower Organisation nicht her, da muss ich ganz ehrlich bleiben.«

»Die meine ich auch nicht. Ich habe gemeint, du arbeitest deinen Event-Job weiter und die Aufstockung betrifft die Arbeit in der Hotelleitung.«

»Ah ...«, jetzt fiel der Groschen bei Yasmin. »Ach ..., ah so ...«, sie konnte es kaum glauben. »Aber da gibt es doch viele Interna, ich weiß nicht, ob deine Schwiegermutti das will.«

»Valentin hat mit ihr gesprochen und sie findet es gut.«

»Wirklich? Ja dann ...«

»Also übernimmst du das für mich und ich kann wieder verstärkt an den Empfang?«

»Ja«, nun lächelte Yasmin, »das mache ich total gerne!«

Yasmin konnte es gar nicht erwarten, bis Hannes nach Hause kam. Sie überfiel ihn gleich mit dieser Neuigkeit.

»Wenn es dir Spaß macht, ist das doch toll. Ich

sehe schon, du legst eine schwindelnd steile Hotelkarriere hin«, scherzte Hannes und nahm seine Freundin in die Arme. »Ich freue mich für dich.«

Er war froh, dass sie weiter von dem Thema Kinderlosigkeit abgelenkt wurde, dass zwischendurch immer wieder für Diskussionen zwischen ihnen sorgte – manchmal aufbauende, manchmal herunterziehende. Es wurde für ihn schwieriger, damit umzugehen und er hatte sich schon Gedanken gemacht, wie man die Situation drehen könne. Er selbst hatte mit dieser Problematik abgeschlossen und besah die Medaille von der anderen Seite. Er hatte eine wunderbare Lebenspartnerin bekommen. Und man kann schließlich nicht alles haben.

»Danke!«, hörte er Yasmin. »Komm, darauf trinken wir ein Sektchen.«

»Kann ich nicht lieber ein Bierchen schlucken?« Er zog eine Grimasse.

Smokey schoss um die Ecke und miaute.

»Was meinst du, hat er gesagt«, lächelte Yasmin, »will er Sekt oder Bier?«

Lance saß zu Hause vor einer Tiefkühlpizza. Sie wollte ihm heute Abend einfach nicht schmecken.

Sein Bruder hätte ihm eine Kopfnuss verabreicht, würde er ihm von dem kurzen Telefonat mit Paula erzählen. Er hörte förmlich seine Worte: *Du Dödel lernst es nie! Nimm sie dir, sonst greift sie sich ein anderer und du guckst blöd. Wer zu spät kommt, den straft das Leben. Das ist so.*

Wer konnte aber auch damit rechnen, dass er mal eben so spontan das Telefon hingehalten bekam! Paulas Stimme hatte dann für den Rest gesorgt, er war von der Rolle.

Zudem hatte er heute die Einladung von Mick zur Hauseinweihung für den kommenden Samstag im Briefkasten gehabt. Ziemlich kurzfristig. Typisch Mick, von jetzt auf gleich. Er bat immer um einen großzügigen Zeitrahmen für seine Planung, er selbst hatte damit nichts am Hut.

Lance war verärgert. Mick war einer seiner besten Freunde, der es nicht für nötig hielt, wenigstens vorab zu fragen, ob der Termin passte. Und leider konnte er nicht teilnehmen. Er war bereits für das Wochenende verabredet. Und hier würde er nichts schieben, dieses Treffen war ihm zu wichtig.

Paula hatte die Einladung natürlich ebenfalls erhalten und wunderte sich genauso wie Lance. So knapp! Mick musste doch damit rechnen, dass andere die Wochenenden verplant hatten! Yasmins Hannes war Polizist und konnte seinen Dienst nicht mir nichts dir nichts verschieben. Fenja und Valentin waren gleichermaßen beruflich gebunden. Für sie war es zwar einfacher freizunehmen, nur in der augenblicklichen Situation war das eher unwahrscheinlich.

Spontan rief sie Mariana an.

»Ich weiß«, entschuldigte die sich gleich, »ich habe es ihm auch gesagt, aber er hat schon wieder die nächsten Reisen im Kopf und so passt es gerade für ihn. Hannes hat bereits abgesagt. Yasmin will wohl kurz vorbeischauen. Und von Fenja und Valentin sowie Lance habe ich bisher nichts gehört. Er hat die Einladungen einfach rausgeschickt, obwohl er sich das noch einmal überlegen wollte. Da bin ich dann leider ziemlich machtlos.«

Paula ärgerte sich. Vielleicht lag es aber auch daran, dass sie zusätzlich mit Muskelkater zu kämpfen hatte, so wie Yasmin es ihr prophezeit hatte.

Der kommende Tag begann wie ihre Stimmung – schlecht. Es goss in Strömen, der Wind pfiff um die Ecken und sie vergrub sich ganz in ihrer neuen Winterjacke mit dicker Kapuze, als sie ein knuspriges Brötchen beim Bäcker um die Ecke holte. Sie war langsamer als sonst, das Laufen tat weh, der Rücken wollte noch nicht so.

Selbst die Verkäuferin war heut früh irgendwie muffig.

Sie hatte zwar jetzt bei Mick zugesagt, da siegte allein schon ihre Neugier und der Wunsch, endlich Lance wiederzusehen. Er würde in jedem Fall dabei sein, er war schließlich ein sehr enger Freund von Mick.

Ihr ruhiges Frühstück störte der Briefträger mit der Auslieferung eines Päckchens. Sie erschrak, als sie den Absender las.

♥ 10 ♥

Das schlechte Gewissen überflutete sie. Sie hatte Arndt nicht angerufen, wie versprochen, als sie zu Hause eintraf. Irgendwie war anderes sofort wichtiger gewesen. Das zeigte ihr deutlich, dass ihre Gefühle für ihn keinesfalls so tief waren wie seine für sie. Oder war alles noch zu verwirrend und würde sich erst entwickeln?

Das Päckchen war sehr leicht. Hatte sie etwas bei ihm vergessen – ihr jedenfalls war nichts aufgefallen und so öffnete sie es mit Neugier.

Zum Vorschein kam ein flaschengrüner Schal, an dessen Ende dezent Weinranken eingewebt waren. Wow, was für ein hübscher Eyecatcher! Und tatsächlich passte er wunderbar zu den dunkelgrünen Stiefeletten, die sie sich vor Kurzem gekauft hatte. Jetzt erst entdeckte sie die beiliegende Karte.

Damit du mich nicht ganz vergisst ...

Kein Wort, dass sie ihn nicht angerufen hatte. Er war schon ein feiner Kerl.

Paula war froh, als der letzte Patient ihre Praxis verlassen hatte. Sie schlurfte in ihre Wohnung, die Hände in den Rücken gestemmt. Irgendwo hatte sie doch noch so eine Creme gegen lästige Muskelzerrungen ...

Während ein Gemüse-Auflauf im Ofen vor sich hin garte, griff sie zum Telefon, um sich zu bedanken. »Es tut mir leid, dass ich mich nicht gemeldet habe, das ist unentschuldbar. Ich weiß wirklich nicht, wie mir das durchgehen konnte.«

»Wichtig ist, dass du gut und gesund wieder daheim angekommen bist.«

»Dankeschön für den tollen Schal.«

»Gefällt er dir?«

»Sehr. Und du glaubst es nicht, ich habe passende Stiefeletten dazu.«

»Das freut mich. Werde ich die denn mal bewundern können?«

Und jetzt war Paula erleichtert, sie konnte eine glattes »Ja« sagen. »Wir treffen uns doch in Kürze beim Seminar. Da werde ich deinen Schal stolz präsentieren, mitsamt Stiefeletten.«

Sie plauschten noch ein wenig weiter und verabschiedeten sich bis zu dem geplanten Seminar.

Paula konnte nicht ahnen, dass Arndt nach ihrem Gespräch im Veranstaltungshotel anrief und um das Zimmer neben Paula Schubert bat.

»Frau Doktor Schubert und ich haben gemeinsam noch einiges durchzuarbeiten, da wäre es schön, wenn wir nicht in verschiedenen Stockwerken unterwegs sein müssten«, argumentierte er möglichst seriös.

Er hörte die nette Hotelangestellte tippen. »Hm ...,

nein, nebenan geht nicht, die Zimmer sind fest gebucht, aber Sie haben Glück. Schräg gegenüber ist heute aufgrund einer Absage freigeworden. Das kann ich Ihnen anbieten.«
»Perfekt. Ich nehme es.«
»Allerdings ist es etwas kleiner als das von Ihnen Reservierte und hat kein Bad mit Dusche und Wanne, sondern nur Dusche.«
»Eine Badewanne benötige ich sowieso nicht. Buchen Sie mich bitte um.«
»Sehr gern.« Er hörte sie tippen. »Die Änderungsmitteilung schicke ich an die von Ihnen hinterlegte E-Mail-Adresse?«
»Genau. Vielen Dank.«
Zufrieden legte Arndt auf. Er hatte keinesfalls vor, Paula zu bedrängen, aber Gelegenheit macht ja bekanntlich Diebe ...

Zu dieser Zeit saß Paula vor ihrem Laptop und starrte auf die Bilder der Männer, die auf ihre Anzeige geantwortet hatten.
Eigentlich ist das ja ein Witz in Tüten, dachte sie, ich arbeite mich in puncto Dating immer einen Touch weiter vor, mehr nicht. Und warum? Wegen Lance.
Okay, heute Abend sondiere ich, wer mir gefallen könnte.
Sie betrachtete die Fotos und las sich jede einzelne Antwort durch. Dreiviertel davon sortierte sie gleich aus.
Entweder nicht ihr Typ, zu eingebildet, zu viel Rechtschreibfehler.
Einer schrieb, und danach war es auch nach den ersten Sätzen definitiv schon vorbei:

Ich bin ein bodenstendiger Mann. Ich möchte dich gerne kennenlehrnen.
Darf ich dich zum essen einladn? Ich bin 44 und gehe gern spatzieren. Gern am See und gern lang.

Um fair zu bleiben, das e von einladen konnte ja noch der Schnelligkeit beim Tippen zum Opfer gefallen sein. Aber bodenständig, kennenlernen und der Rest? Ob gern sein Lieblingswort war? Auweia!

Das Dating Portal warb doch mit attraktiven, kultivierten, handverlesenen Singles. Wer hatte denn da geschlampt?

Einige wollten nur eine lockere Beziehung, also öfter mal nach links oder rechts ausscheren, das war eh nicht ihr Ding.

Warum antworteten die auf ein Profil, aus dem deutlich ersichtlich war, dass Frau eine feste Partnerschaft suchte? Dafür präsentierten sie sich mit dem, was sie besaßen, um Eindruck zu schinden. Einer lehnte relaxed an seinem Luxusauto, der andere sah wie zufällig auf seine teure Armbanduhr, die im Bild mehr im Fokus stand als der eitle Typ selbst. Und der Nächste posierte mit einem Surfbrett am Meer. Nee danke.

Drei sagten ihr auf Anhieb optisch zu und sie erkannte mit Schrecken, dass sie auf die eine oder andere Art ein wenig an Lance erinnerten.

Das Wochenende nahte und damit die Einladung von Mick. Die würde sie abwarten. Mal wieder. Hoffentlich hörte dieses Chaos bald auf, sonst müsste sie sich selbst therapieren oder zu einem erfahrenen Kollegen gehen. Vielleicht Arndt? Das war so aberwitzig, dass sie die Hände vors Gesicht schlug.

Yasmin ärgerte sich genauso wie Paula – nur ohne Rückenschmerzen.

»Mick ist ein Hirni! Weshalb startet er nicht eine Fragerunde an die wenigen Beteiligten, wer wann kann? Ich stiefel da jedenfalls nicht allein hin!« Auf ihrer Stirn zeigte sich eine Zornesfalte.

Ohne Hannes liefe sie dort nicht auf. Gerade nach der Vorgeschichte mit Mick. Damit würde sich Hannes nicht wohlfühlen und das täte sie ihm nicht an.

»Warum denn nicht?«, hörte sie ihren Hannes sagen. »Schau dir das Haus ruhig an. Und frag doch mal Fenja und Valentin. Für die muss es ja genauso schwierig sein, jetzt, wo Carlotta von Sellbach ausfällt. Möglicherweise ist Fenja auch allein. Und was ist mit Paula?«

»Meinst du?« Sie war überrascht, dass er das so locker nahm. »Und es wäre für dich okay, wenn ich zur Einweihung gehen würde, ohne dich?«

»Na klar. Und hab keine Bedenken, dass ich mir dabei etwas denken könnte, nur weil Mick seinerzeit scharf auf dich war.«

»Er hatte nicht den Krümel einer Chance gegen dich«, versicherte sie ihm mit einem Augenzwinkern.

»Das weiß ich!«, kam es selbstsicher von ihrem Freund.

»Hey! Eingebildet bist du gar nicht, was?«

»Nein, ich benenne die Realität nur klar und deutlich.«

»Du bist also mein Held«, amüsierte sich Yasmin.

»Genauso ist das.« Hannes schob die Brust nach vorn raus.

»Beweis es!«

»Ich muss in einer halben Stunde zum Dienst.«
»Seit wann schwächelst du so? Ein Quickie war bisher doch immer drin.«
»Okay, dann stelle ich mich der Herausforderung.« Er zog Yasmin besitzergreifend zu sich heran.

Mick hatte es tatsächlich geschafft, alle aufzumischen.

Fenja war total sauer. »Ich weiß echt nicht, wo der Kerl hindenkt! Als ständen wir auf Abruf und Melly gleich mit. Die kann jedoch definitiv nicht. Es ist der umsatzstärkste Tag der Woche.«

»Was regst du dich auf? Mick ist so. Du darfst deine hohe Messlatte nicht auf andere übertragen, da bist du sofort enttäuscht. Zuck einfach mit den Schultern. Dann sind wir eben nicht dabei und gut.«

Fenjas Handy klingelte. »Oh, es ist Yasmin«, sagte sie mit einem Lächeln und nahm das Gespräch an. Sie hörte zu. »Du, Valentin und ich hatten das Thema gerade. Wenn überhaupt, kann nur einer von uns.«

Valentin schnappte nur Gesprächsfetzen auf: *Ach, der spinnt doch – ich weiß nicht recht – enttäuscht - echt `ne Zumutung – da muss ich kurz mit Valentin sprechen.*

Fenja drehte sich zu ihrem Mann. »Yasmin geht alleine und Paula auch.« Mehr brauchte sie gar nicht sagen.

»Dann gehst du mit. Fertig.«

An diesem Abend erhielten Fenja und Valentin allerdings noch ein Telefonat. Carlotta von Sellbach meldete sich aus dem Krankenhaus.

»Schalt bitte den Lautsprecher ein, Valentin. Ich muss mit euch beiden sprechen. Dein Vater und ich, wir haben eine Entscheidung getroffen.«

♥ 11 ♥

Wie schon zu Yasmins Party, stylte sich Paula ganz besonders sorgfältig. Heute sah sie Lance nach langen Wochen wieder. Hatte er sich verändert? War er gebräunt durch die südafrikanische Sonne? Und würde er tatsächlich nach Südafrika zurückgehen?

Es war erneut alles aufregend und ihr Herz klopfte heftig, als sie mit Yasmin und Paula Micks neues Zuhause betrat.

Unten im Bereich des Fotostudios war ein leckeres Buffet aufgebaut und Mariana war sichtlich stolz darauf, denn für die Desserts war sie alleine verantwortlich. Gern nahm sie schon vorher Lob dafür entgegen.

Das Studio war klar und strukturiert, so zogen die Bilder von Micks Foto-Reisen und Model-Shootings die Aufmerksamkeit auf sich. Das war wirklich beeindruckend und man fühlte sich hier mit Sicherheit fotografisch bestens aufgehoben.

Bevor sich die Freunde jedoch auf das Buffet stürzen konnten, brachte Mick erst einmal seine Enttäuschung zum Ausdruck, weil Hannes und Valentin fehlten.

Und dann erzählte er auch noch betrübt, dass Lance nicht kommen werde, da er nach Berlin gefahren sei, der Termin hätte wohl schon länger gestanden, hatte ihm Lance als Entschuldigung gesagt.

Yasmin und Fenja warfen einen schnellen Blick auf Paula, die kurz vor einem Tränenausbruch stand, obwohl sie tapfer lächelte.

Aber nun bekam er von Freundin Mariana volle Breitseite.»Jetzt halt mal die Luft an, Mick, du hast den Termin so kurzfristig gemacht, dass eben andere Verabredungen Vorrang hatten, da solltest du dich nicht beschweren!«

Die anderen Mädels und auch ein paar der fremden Gäste stimmten vehement zu, sodass er schnell vom Thema ablenkte und die verkleinerte Gästeschar in die Privaträume mitnahm.

Alles war wirklich gut durchdacht und gelungen, dank der Architektin und Innendesignerin.

Aber die größte Überraschung verkündete er nach Beendigung der Besichtigung auf dem Weg zum Buffet.

»Mariana wird nächsten Monat bei mir einziehen. Wir haben uns gedacht«, und dabei nahm er sie liebevoll um die Schulter, »wir zwei versuchen es miteinander.«

Als erste gratulierte Yasmin.»Ich finde, ihr passt wunderbar zusammen!« Und das meinte sie ganz ehrlich.

»Sie wird mich auf meinen Reisen begleiten und wir ...«

»Stopp, stopp, stopp, Mick«, unterbrach Mariana ihn lachend, »soweit es meine Arbeit zulässt. Ich habe nur begrenzt Urlaub und auch Kollegen, die ebenfalls urlauben wollen. Da gibt es für mich kein Wunschkonzert.«

Anstatt einer Antwort gab er ihr einen Kuss.

Später standen die Mädels mit Mariana zusammen. Paula war sichtlich neugierig. »Wie willst du das denn in Zukunft machen? Hast du mit deinem Chef eine Vereinbarung getroffen oder mit deinen Kollegen oder nimmst du eine Auszeit?«

»Mick möchte, dass ich meinen Job kündige und ihm hier zur Seite stehe. Es gibt genügend Arbeit. Ich helfe ihm zurzeit schon mit. Aber ich kann mich da noch nicht ganz entscheiden. Jedenfalls werde ich nicht ad hock meinen Brotjob hinschmeißen und dann läuft es nicht mit uns. Man weiß ja nie. Warten wir es ab.«

»Genau richtig!«, pflichtete ihr Yasmin bei. »Man muss sich erst völlig im Klaren sein und das braucht seine Zeit. War bei mir genauso.«

»Und du bist jetzt zufrieden?« Mariana sah sie hoffnungsfroh an.

»Zufrieden ist der falsche Ausdruck. Ich bin total happy damit.«

Fenja freute sich sichtlich darüber. »Und wir sind dankbar, dich zu haben.«

»Hoffentlich fälle ich die richtige Entscheidung«, tat Mariana kund, aber ihre Zweifel waren deutlich spürbar.

Paula war die Erste, die sich nach zwei Stunden abseilte. »Ich fahre jetzt«, war ihr knapper Kommentar.

»Wir kommen direkt mit, was meinst du, Yasmin?« Fenja sah sie fast bittend an, denn Yasmin war die Chauffeurin, sie hatte Fenja abgeholt.

»Klar. Reicht auch.«

Sie verabschiedeten sich vom Gastgeberpaar und wurden von beiden herzlich umarmt.

»Wenn Mick nur nicht so ein Chaot wäre«, sinnierte Fenja.

Und Yasmin dachte im Stillen, was habe ich für ein Glück gehabt! Ich hätte mit ihm nicht leben können.

Kaum am Parkplatz, schlug Paula vor, noch einen Cocktail bei ihr gemeinsam zu trinken. »Ich mix uns was Antialkoholisches.«

Fenja und Yasmin stimmten begeistert zu.

Es blieb nicht bei einem Cocktail, die Mädels hatten richtig Spaß und kamen aus dem Gelächter gar nicht mehr heraus. Zwischen ihnen stellte sich eine wunderbare Leichtigkeit ein, alle Probleme rund um Paulas Männerwirtschaft wurden einmal beiseitegelassen. Man hatte nur Freude an schönen Dingen und lustigen Erinnerungen aus der Vergangenheit, als alle drei noch Single waren.

Paula machte Modenschau und führte ihre neuen Errungenschaften vor, darunter auch ihre grünen Stiefeletten. Dazu zeigte sie den Schal von Arndt, der gebührend bewundert wurde.

»Obwohl eine Weinrebe drauf ist, was man ja nicht grad als angesagt bezeichnen kann, ist er echt hübsch – und so weich«, meinte Fenja und legte ihn sich um.

»Beschreib uns doch Arndt mal«, ermunterte Yasmin ihre Freundin. Und Paula sprudelte los.

»Das war jetzt richtig, richtig schön!« Paula umarmte ihre Freundinnen zum Abschied. »Was haben wir gelacht! Tat echt gut.«

»Das beweist wieder, man kann auch ohne Alkohol Spaß haben«, gab Yasmin zum Besten.

»Etwas möchte ich euch noch sagen, Melly weiß es übrigens schon«, begann Fenja nun ernst. »Valentin und ich werden das Hotel übernehmen. Sofort. Meine Schwiegereltern haben sich dazu entschlossen, weil der Gesundheitszustand meines Schwiegervaters zur Sorge Anlass gibt. Die beiden werden sich, wenn Ulrich aus dem Krankenhaus kommt, auf unbestimmte Zeit in das neue Chalet in Kitzbühel zurückziehen.«

Yasmin und Paula starrten sie betroffen an.

»Oh Mensch, das tut mir echt leid für deinen Schwiegervater.« Yasmin sprach leise. Paula sah es jedoch aus einem anderen Blickwinkel. »Weißt du, es geht ja schon lange hin und her. Das ist sicherlich die allerbeste Lösung. Und damit meine ich alle Parteien. Deine Schwiegermutter gibt endlich ab und kümmert sich um ihren Mann, dem das guttun wird, und ihr habt das Heft allein in der Hand, euch redet keiner rein.«

»Du hast nicht ganz unrecht«, gab Fenja zu, »aber ehrlich gesagt, hätte ich das nicht so schnell gebraucht und ich hoffe, ihr versteht, dass wir unsere Hochzeitsnachfeier erst einmal verschieben werden.«

»Echt doof, dass du jetzt noch den weiten Weg bis nach Hause hast«, bedauerte Fenja ihre Freundin, als sie vor ihrer Wohnung abgesetzt wurde.

»Bitte mach dir gar keine Gedanken«, beteuerte Yasmin. »Erstens bin ich, als ich im Polizeidienst war, diese Strecke bei jeder Jahreszeit und mehr im Dunkeln als im Hellen gefahren und zweitens möchte ich nirgendwo anders wohnen. Außerdem ist es ja nicht glatt. Das war und ist mein Albtraum.«

»Dann schlaf gut und grüß Hannes.«

»Und du deinen Valentin. Gute Nacht.«

Paula saß zu dieser Zeit wieder vor ihrem Laptop. Der schöne und überraschende Abschluss des Abends mit Yasmin und Fenja hatte ihr eine neue Einstellung beschert.

Mehr Leichtigkeit ist die Devise, Paula, feuerte sie sich selbst an. Pah, Lance! Der hatte sie weder angerufen noch war er heute Abend auf der Party seines engen Freundes aufgetaucht. Leck mich!

Ihre Finger sausten schnell über die Tastatur, als sie den drei Männern antwortete, die ihr am besten gefallen hatten. So, abgeschickt, mal sehen, was passiert ...

Dann loggte sie sich zudem bei den Mondschein-Dates ein. Sie las sich in das Thema Matching Points und die damit verknüpften Persönlichkeitsanalysen ein. Man versprach passgenaue Partnervorschläge, vervollständigte man sein Profil so genau wie möglich.

Wie sollte sie das als Psychologin werten? Ausverkauf von sich selbst als gläsernen Menschen? Und wie ehrlich waren andere? Bevor sie hier den finalen Button drückte, würde sie erst die drei Typen aus den normalen Kontaktanzeigen abarbeiten.

Also doch wieder ein Rückzieher, wenn auch ein kleiner ...

Während Paula Lance ad acta gelegt hatte, fuhr der gerade auf einen Parkplatz am Straßenrand in Berlin

Wilmersdorf. Glück gehabt, hier waren die Parkplätze nämlich nicht so reichlich gesät. Dafür punktete die Wohnung in bester City-West Lage. Es gab hier natürlich eine hervorragende Verkehrsanbindung von Bus und U-Bahn. Nur was nutzten die ihm, er musste völlig unabhängig sein und reiste daher grundsätzlich mit dem Auto an.

Lance sah an der Fassade des gelungen renovierten, denkmalgeschützten Gebäudes hoch. Im vierten Stock brannte Licht. Da wollte er hin.

Diesmal jedoch hatte er ein ziemlich unangenehmes Grummeln im Bauch, als er die Treppen hinaufstieg.

Eine außergewöhnlich hübsche junge Frau öffnete ihm die Wohnungstür. »Ich habe schon so auf dich gewartet«, lächelte sie ihn verliebt an.

♥ 12 ♥

»Yasmin«, jubelte Paula ins Telefon, »ich habe mein erstes Date!«

»Toll! Wann und wo?«

»Am kommenden Freitag. In einer Pizzeria im Nachbarort.«

Paula hörte ein Kichern. »Du gehst auf Nummer sicher, wie?«

»Klar! Kannst du mein Backoffice sein? Mich einfach um Neun mal anbimmeln? Wenn der Typ eine Niete ist, nehme ich deinen Anruf als Grund für den Abflug.«

»Hoffentlich vergesse ich das nicht. Ich helfe nämlich Melly am Freitagabend aus.«

»Urgs, ja, das habe ich völlig verdrängt. Denk bloß an mich! Auf die Minute kommt es ja nicht an. Neun Uhr eins ist auch okay.« Sie grinste schief.

Paula hatte sich eine Liste zusammengestellt von Dingen, die sie in Erfahrung bringen wollte.

Schon verheiratet gewesen – Kinder oder Kinderwunsch – Balkonien oder Fernreisen – Bildungsurlaub oder Faulenzen – Camping oder Hotel – Kino oder Netflix – Essen gehen oder selber kochen – Lieblingsgetränk – Lieblingsschauspieler/in – lieber Party oder Zweisamkeit – Sportskanone oder Couch-Potato – Nudeln, Reis oder Kartoffeln – Fastfood oder Sterneküche – eher romantisch oder nüchtern – Haustiere ja oder nein.

Mit Neugier auf die Antworten fuhr sie am Freitagabend in den Nachbarort. Würde sie ihr Date erkennen oder war das Foto geschönt?

Eine Viertelstunde vorher war sie vor Ort, blieb jedoch in ihrem Auto auf dem Parkplatz vor der Pizzeria sitzen und beobachtete gespannt den Eingang. Es gingen einige Gäste hinein, aber kein Mann ohne Begleitung. Oha! Entweder war er schon da und wartete drinnen auf sie oder er kam später oder er kam gar nicht oder was konnte sonst noch so passieren, überlegte sie.

Sieben Minuten nach dem vereinbarten Termin waren verstrichen. Sie stieg aus und stiefelte mit Herzklopfen ins Lokal. Es war gut besucht, trotzdem entdeckte sie ihr Date Tim sofort.

Mit Erleichterung stellte sie fest, dass sein Gesicht mit dem auf seinem geposteten Foto identisch war. Na, der Abend fing doch gar nicht so schlecht an!

Er erkannte sie ebenfalls und stand auf, stieß anscheinend aber mit dem Fuß an das Tischbein, stolperte und warf sein Glas Martini um. Der Inhalt ergoss sich über den Tisch und floss ungehindert auf den Boden. Das Glas trudelte noch etwas und drohte genauso den Abgang zu machen, da griff Paula beherzt zu.

»Wow, was für eine stürmische Begrüßung«,

scherzte sie, als schon die Bedienung heraneilte, um das Malheur zu beseitigen.

»Möchtest du auch einen Martini?«, fragte Tim nach den ersten Sätzen des Kennenlernens.

»Danke, nein. Ich bin mit dem Auto hier.«

»Ich mit der Bahn.« Er bat die Bedienung, ihm noch ein Glas zu bringen. Die schaute ihn irgendwie merkwürdig an. Paula bestellte ein Wasser. Aber schon wurde Paulas Aufmerksamkeit von seinem nächsten Satz in Anspruch genommen. »Dann kannst du mich ja nachher mitnehmen«, grinste er sie breit an.

Paula schreckte kurz zurück, antwortete jedoch nicht. Das nutzte Tim, gleich weiter zu fragen: »Was für einen Wagen fährst du denn und was hast du für ein Kennzeichen? So mit eigenen Initialen oder Nummern?«

Na toll, warum wollte er das direkt zu Beginn ihres Abends wissen? Nee, Junge, dachte sie, ein bisschen persönlicher Schutz für den Anfang muss sein. Mit dem Kennzeichen würde er schließlich in Erfahrung bringen können, wo sie wohnte.

»Ich fahre einen Mittelklassewagen.« Das war gelogen, aber hier mit der Wahrheit ein wenig zu jonglieren, fiel ihr nicht sonderlich schwer. Es ging ihn nichts an, dass sie sich von ihrem verdienten Geld eine Luxusausführung gegönnt hatte.

Die Getränke kamen und die Speisekarte wurde gereicht.

Warum nur grinste er dauernd?

»Wollen wir nicht erst einmal anstoßen auf unser Date?«, fragte sie ihn irritiert, denn sie hatte ihr Glas erhoben, während er fahrig in der Speisekarte blätterte.

»Oh ja, natürlich! Entschuldige.« Er klappte die Karte, die er an die Tischkante gelehnt hatte, sofort zu, schob sie hoch, allerdings ein bisschen zu weit. So traf er damit auf das Glas von Paula, die ein weiteres Malheur aber mit einem »Ups, Vorsicht! Kollision!« verhindern konnte.

Sie stießen an und es war irgendwie Glück oder auch ein kleines Wunder, dass mit dem begeisterten Schwung, den Tim an den Tag legte, weder die Gläser zersprangen noch der Inhalt überschwappte.

Jetzt betrachtete Paula ihn genauer und realisierte mit Schrecken, dass er tatsächlich schon einen im Kahn hatte! Himmel nein, das ging ja überhaupt nicht! Sie entschuldigte sich kurz und flitzte mit ihrer Handtasche Richtung Damentoilette. Dabei kam sie am Tresen vorbei. Gerade schoss die Bedienung mit zwei leeren Tellern heran und wollte in die Küche.

Paula sprach sie an. »Darf ich Sie etwas fragen? Das ist wichtig für mich, weil es heute das erste Date mit diesem Mann ist. Hat er schon reichlich Alkohol gehabt?«

Die junge Frau schien zu überlegen, nickte dann aber. »Bei uns ist das der vierte Martini. Die ersten zwei hat er sich auf ex reingegossen. Allerdings hatte ich den Eindruck, er hatte bereits getankt, bevor er hier ankam.«

Ein Blick an den Tisch zeigte ihr, dass Martini-Tim sie beobachtete, während er erneut das Glas, so gut wie geleert, an den Lippen hatte.

»Danke für die ehrliche Auskunft. Genau das habe ich befürchtet.« Paula überlegte nur kurz. »Ich habe eine Bitte. Würden Sie ihn fragen, ob er noch etwas trinken möchte? Dann ist er abgelenkt und ich kann meinen Mantel von der Garderobe greifen, ohne dass er das mitbekommt.«

»Ich verstehe.« Verschwörerisch blinzelte sie die junge Frau an.

Paula stellte sich mit dem Rücken zu Tim, griff in ihre Handtasche und holte einen Zwanziger hervor, den sie der Bedienung reichte. »Für mein Wasser. Der Rest ist ein Danke an Sie.«

Das sorgte für strahlende Augen und nach dem Abstellen der Teller für sofortige Ausführung des Auftrages.

In genau dem passenden Moment griff Paula ihren Mantel und schlüpfte eiligst und mit klopfendem Herzen aus dem Restaurant. Draußen nahm sie die Beine in die Hand und hatte beinahe ein junges Pärchen umgerannt.

»Ist das Essen da drinnen so schlecht?«, scherzte der Mann.

»Nein, aber ein Exemplar des männlichen Publikums.« Sie entschuldigte sich noch schnell und war bereits wieder auf Touren Richtung Auto.

Als sie vom Parkplatz fuhr, lachte sie laut auf. Das war es also, ihr erstes Date, auf das sie sich so hoffnungsvoll vorbereitet hatte. War der glatt schon angeschickert, als sie in das Restaurant kam! Sie hatte ja mit vielem gerechnet, *das* wäre ihr jedoch nicht in den Sinn gekommen!

Jetzt knurrte auch noch ihr Magen. Spontan entschloss sie sich, bei ihrem Lieblings-Italiener anzurufen und eine Pizza zum Mitnehmen zu bestellen. Bis ich da bin, ist die fertig, dachte sie.

So war sie pünktlich, als das Abendprogramm im TV begann, wieder daheim. Eiligst schälte sie sich aus den so sorgsam ausgewählten Dating Klamotten, streifte sich Leggins samt Bigshirt über und warf sich zusammen mit Pizza vor den Fernseher. Trotz allem war sie gut gelaunt, gab ihr Horrorerlebnis immerhin eine witzige Anekdote für die Ewigkeit ab.

Wenn ich das den Mädels erzähle ...

Pünktlich um neun klingelte Paulas Handy. Pflichtbewusst hatte Yasmin an sie gedacht.

»Ich bin schon zu Hause«, gluckste sie und wollte berichten, aber Yasmin würgte sie ab. »Du, lass uns morgen reden, hier tobt das genussfreudige Leben.«

Das war die eigentliche Enttäuschung des Abends für sie.

Yasmin rannte sich die Hacken ab, doch es machte ihr auch Freude.

»Kommst du zurecht?«, fragte Melly besorgt, als Yasmin erneut mit rosafarbenen Wangen in die Küche schoss.

»Klar. Ich kriege das hin. Aber ich habe nun einen Heidenrespekt vor allen Bedienungen dieser Welt. Die leisten ja echt ein Pensum ab!«

»Was macht Tisch vier?« An diesem saß nämlich Roland Bierböck mit seinen Mitarbeitern.

»Da gibt es aktuell ein klitzekleines Problem. Er will die Chefin sprechen. Du musst raus.«

Melly wich sofort die Farbe aus dem Gesicht.

»Scherz!«, quietschte Yasmin und hielt sich den Bauch vor Lachen.

»Du spinnst wohl, mir so einen Schrecken einzujagen«, schimpfte Melly los. »Das darfst du nicht tun, damit störst du meine kulinarischen Kreise.«

»Ich dachte eher, es beflügelt dich.«

»Im Gegenteil, jetzt muss ich sogar zum Klo.«
»Kotzen?«
»Sag das nicht in meiner Küche!« Aber Melly hatte sich gefangen und huschte schnell hinaus, während sich Yasmin die nächsten beiden Teller schnappte.

Leider passierte genau das, was Melly an diesem Abend unter allen Umständen vermeiden wollte. Im Gang zum Toilettenbereich traf sie letztendlich doch noch auf Roland.

♥ 13 ♥

Melly zuckte sichtlich zusammen.

»Bin ich so der Horror?«, scherzte Roland und reichte ihr die Hand. »Hast du mich deshalb vor einigen Wochen versetzt?«

Ihr trockener Mund hinderte Melly fast an einer Antwort. Sie schluckte einmal und lächelte verlegen. »Entschuldige.«

»Schon vergessen.«

»Warum hast du mir damals nicht erzählt, dass du genauso scharf auf das Penthouse bist wie ich?«

»Ja, weißt du ...«, setzte sie lahm an.

»Alles gut, du hast gewonnen und ich bin ein fairer Verlierer. Aber das mit dem Restaurant hier hättest du mir doch sagen können.«

Herrgott, dachte Melly, jetzt kriege ich volle Breitseite. So flüchtete sie sich in eine Frage. »Woher weißt du das alles?«

»Süße«, er stupste sie auf die Nasenspitze, »bei deiner Eröffnung waren Reporter vor Ort. Und was sah ich an dem folgenden Morgen, nachdem ich einsam und verlassen im Bistro gewartet hatte? Ein

Bericht samt Foto von dir in unserer Zeitung. Ich bin der Sohn des Verlegers, erinnerst du dich? Du lächelst sonnig in die Kamera, flankiert von einem erfolgreichen japanischen Sternekoch und einer freudestrahlenden Frau von Sellbach.«

»Ja ...«, Melly atmete flach.

»Außerdem hat sich mein Vater mit deiner Chefin unterhalten. Die kennen sich schon viele Jahre. Somit bin auch ich rundum informiert. Sagen wir, ich hatte an der Sache ein persönliches Interesse.«

Melly wusste vor Verlegenheit kaum, wo sie hinschauen sollte. »Du, der Laden ist voll, ich muss wieder in die Küche, vielleicht können wir uns ein andermal unterhalten.«

»Ich möchte dir noch etwas sagen.«

»Und?« Melly kratzte sich nervös am Handrücken.

»An dem Abend, als du mich versetzt hast, habe ich Mila kennengelernt. Wir sind seitdem zusammen. Du siehst, es hatte alles seinen Sinn. Sie sitzt übrigens neben mir. Und ich würde mich freuen, wenn du nachher kurz an unseren Tisch kämest.« Roland klopfte ihr freundschaftlich auf den Oberarm und schlenderte dann ins Restaurant zurück.

Das musste Melly sacken lassen. Aber ihr Herzschlag, der soeben noch bis in den Hals gewütet hatte, kam wieder in ruhigeres Fahrwasser. Und ich habe extra Yasmin für heute Abend rekrutiert, nur um einer Situation aus dem Wege zu gehen, die eigentlich gar keine war. Na sauber!

Irgendwann zwischendurch erzählte sie es Yasmin, die sich gut darüber amüsierte.

»Ich schmeiß mich weg! Das entbehrt nicht einer

gewissen Situationskomik.«

»Wenn du möchtest, darfst du aber Feierabend machen. Unter diesen Umständen können Petra und ich allein weiterschuften.«

»Nix da! Der heutige Abend war vereinbart und versprochen. Außerdem ist dein Restaurant voll. Ich bleibe. Es sei denn, du schmeißt mich wegen Unfähigkeit, tollpatschigem Verhalten oder falscher Bekleidung raus.«

Dankbar umarmte Melly ihre Freundin.

Ein wenig später machte sie einen Gang durch ihr Restaurant, um die Gäste an den Tischen zu begrüßen.

So kam sie natürlich auch an Rolands Tisch. Neugierig betrachtete sie seine Neue. Sie war hübsch und nett obendrein. Das freute Melly und sie gönnte ihm sein Glück ehrlich, denn sie schwebte schließlich ebenfalls auf Wolke sieben, allerdings auf einem zerrissenen Wolkengebilde. Der andere Teil segelte momentan noch über Japan.

Als Melly zum Nachbartisch weiter wanderte, vernahm sie die erstaunten Fragen von Rolands Freundin. »Ihr duzt euch? Woher kennst du sie?«

Und sie hörte zu ihrer eigenen Freude die Antwort von ihm. »Geschäftsleute unter sich. Wir kennen uns irgendwie alle.«

Der Abend war vorbei. Bedienung Petra hatte es eilig, nach Hause zu kommen und so saßen Melly und Yasmin allein in der Küche und aßen noch einen kleinen Happen.

»An das japanische Essen könnte ich mich gewöhnen, du kochst wirklich so lecker. Und erst die schöne Anrichteweise!«, lobte Yasmin und schob sich einen Bissen Thunfisch-Sushi in den Mund.

»Danke. Das ist mein Leben. Ich möchte nichts anderes tun.«

»Ich weiß und man schmeckt es. Musst du Weihnachten auch ran? Und wie sieht es zu Silvester aus?«

»Da steppt der Bär. Da verdient man am meisten. Fenja hat die Weihnachts- und Silvestermenüs auf die Webseite gestellt. Es gibt reichlich Klicks und schon viele Buchungen. Mir macht es echt nichts aus, an diesen Tagen zu arbeiten. Zumal ich ja allein bin. Taro kommt frühestens im Februar. Und Menüs lassen sich ganz gut vorbereiten.«

Auf dem Nachhauseweg empfand sich Yasmin als Glückspilz. Sie hatte natürlich Weihnachten und die Jahreswende frei. Und sie bewunderte Melly. Dieser Elan! Und dann die Liebe zum Detail bei ihren Kreationen. Einfach toll. Nicht nur ein Fest für den Gaumen, auch für die Augen.

Und was hatte Melly darauf geantwortet, als sie ihr dies gesagt hatte? »Wieso bin *ich* nur eine Künstlerin? *Du* bist es ebenfalls! Wenn ich mir anschaue, was du im Event-Bereich alles auf die Beine stellst! Du bist mindestens genauso erfolgreich wie ich, nur die Sparte differiert.«

Das machte sie stolz. So hatte sie sich gar nicht gesehen. Doch der Erfolg gab ihr recht. Die Webseite umfasste nun einige Kommentare zu ihrer Arbeit, die alle durchweg positiv waren. Ich mache andere Frauen happy, überlegte sie und empfand dabei tiefe Zufriedenheit.

Automatisch wanderten ihre Gedanken zu Mary,

mit der sie mittlerweile eine Freundschaft verband. Sie musste unbedingt mit ihr telefonieren. Hatte Dominik schon etwas von seiner Bewerbung gehört?

In einigen Tagen waren drei Junggesellinnenabschiede gebucht. Sie hatte alles auf das kommende Weihnachtsfest abgestimmt, sodass die Stimmung noch einmal mehr gehoben wurde. Außerdem plante sie, einen Weihnachtsbaum aufzustellen, worunter die Mädels ihre Geschenke stellen konnten, die sie der Braut mitbrachten. Sie beabsichtigte, Papiersterne in der jeweiligen Farbe der Bridal Shower anzubieten. Auf die würden die Freundinnen ihre guten Wünsche für die Braut mit einem Goldstift schreiben und diese im Weihnachtsbaum platzieren. Das wäre, neben einigen glitzernden Kugeln, ein ganz besonderer Weihnachtsbaumschmuck.

Wie sollte sie den Baum daheim schmücken? Er musste prächtig sein, denn es war das erste Weihnachtsfest gemeinsam mit Hannes.

Den Heiligabend hatten sie sich als Paar freigehalten, am ersten Feiertag waren sie mittags bei ihren Eltern eingeladen und am Abend bei Hannes Eltern. Normalerweise machte Fenja am zweiten Weihnachtstag immer einen Freundinnen-Brunch. Dieses Jahr hatte sie noch keinen Laut von sich gegeben. Komisch.

Eine andere Sache ließ sie ganz aufgeregt werden. Bekam sie einen Heiratsantrag?

Hannes hatte in den letzten Wochen mehrfach bezeichnende Sätze losgelassen. »Wenn wir erst verheiratet sind ... stell dir vor, wir sitzen hier im Garten als altes Ehepaar ... jeder Mann wäre stolz, dich als Ehefrau zu bekommen.«

Jedenfalls würde sie den Heiligabend mit besonderer Liebe vorbereiten.

Sie war noch nicht lange zu Hause, als sie ein Auto hörte. Hannes! Freudig spurtete sie zur Tür.

»Lass mich schnell rein, es ist ganz schön kalt geworden«, meinte er und gab ihr einen Kuss.

Yasmin betrachtete ihn, als er den Schal und Jacke an die Garderobe hängte. Sie liebte wirklich alles an ihm. Sie hätte ihn direkt ins Schlafzimmer ziehen können.

»Und? Wie war dein Abend?«, fragte er neugierig. »Hat`s geklappt mit dem Servieren oder hast du Geschirr zerdeppert?«

»Ich war richtig gut. Aber mir tun ganz schön die Füße weh. Möchtest du noch etwas essen? Melly hat mir Sushi mitgegeben.«

»Oh ja, gern.«

So saßen sie gemeinsam in der Küche. Yasmin goss einen Tee für beide auf, während sich Hannes schon über die Schachtel mit den japanischen Köstlichkeiten hermachte.

»Es gibt übrigens Neuigkeiten von Mary und Dominik.«

♥ 14 ♥

»Warte einen Moment, bin sofort da.«

Flink jonglierte Yasmin zwei bis zum Rand gefüllte Teetassen an den Tisch.

»So, jetzt. Ich bin ganz Ohr.«

»Dominik hat den Job in der Leitstelle bekommen. Ab nächster Woche schon wird er dort seinen Dienst antreten. Mary hat es mir vorhin erzählt.«

»Das ist ja wunderbar!«, jubelte Yasmin. »Ich hab mir das so für ihn gewünscht!« Dann wurde sie ein wenig melancholisch. »Schade, ich hätte gedacht, Mary ruft mich dazu an, zumal wir vor zwei Tagen deshalb noch telefoniert haben.«

»Herzchen, wie sollte sie das tun? Dominik hat es erst am Spätnachmittag erfahren. Er hat natürlich gleich Mary angerufen und ich habe es mitbekommen, weil wir im Streifenwagen unterwegs waren. Sie wollte dir Bescheid geben, aber ich habe sie abgehalten.«

»Warum?«

»Yasmin!« Er sah sie vorwurfsvoll an. »Du hast heute Abend gearbeitet! Da sollte dein Handy nicht privat klingeln. Schon vergessen?«

Sie kicherte. »Stimmt. Wie blöd von mir.«

Während die beiden ihren Tee in aller Gemütlichkeit Tee tranken und Hannes von den Vorkommnissen seiner Schicht berichtete, wanderte eine nachdenkliche Carlotta von Sellbach den Flur der Privatstation des Krankenhauses entlang. Die Lichtreihe über ihr war gedimmt, es herrschte fast gespenstige Stille.

In der Besucherecke stellte sie sich ans Fenster und sah in die Dunkelheit hinaus. Das Krankenhaus lag etwas erhöht, so hatte man tagsüber eine ansprechende Aussicht über die Dächer der Stadt, wenn man denn, je nach Krankheit, einen Blick dafür übrig hatte.

Nun sah sie viele unterschiedliche Lichtpunkte, große und kleine, helle und dunkle, farbige und weißliche, die Leben signalisierten. Es war eine klare, kalte Nacht, die Sterne funkelten und der Vollmond wirkte wie ein riesiger Ball, der das Szenario in ein angenehm weiches, milchiges Licht tauchte.

Es hatte sich so viel Unerwartetes in den letzten Wochen ereignet, die einfach so dahingeflogen waren.

Melly hatte das Restaurant eröffnet und sie mit einem japanischen Sternekoch überrascht. Kein Wunder, dass er sich in die hübsche Melly verliebt hatte. Und wie überaus geschäftsförderlich die Zukunft mit ihm sein würde. Zwei Sterneköche in ihrem Hotel! Wenn das mal keine Werbung war!

Unerwartet würde sie allerdings davon wenig mitbekommen. Noch eher als geplant musste sie sich zurückziehen. Es blieb ihr keinerlei Wahl. Ulrich brauchte sie und sein Rückfall jetzt hatte es klar und deutlich gezeigt.

Als Ulrich sie darum bat, das Heft sofort aus der Hand zu geben, hatte sie ohne zu zögern zugestimmt.

»Lotti, mein Schatz, ich weiß nicht, wie lange mich der Herrgott noch lässt. Verbringe doch die Zeit mit mir. Lass uns die letzten Jahre, wenn man das so sagen darf – und darauf hoffe ich – gemeinsam genießen. Valentin und Fenja schaffen das schon.«

Sie hatte genickt. Innerlich focht sie jedoch einen schweren Kampf aus.

Sie war seit jeher eine Rampensau, so hatte sie Ulrich irgendwann liebevoll genannt. Ihre Ansprüche waren hoch, nicht nur an andere, auch an sich selbst. Schwäche? Die erlaubte sie sich nicht. Wenn sie denn dann ausnahmsweise hervorlugte, wurde sie erfolgreich zurückgedrückt.

Sie arbeitete nicht für die Vermehrung von Geld. Davon gab es genügend auf ihren diversen Konten. Seit vielen Jahren schon waren sie Millionäre, aber sie hatten sich ihr Vermögen hart gemeinsam erarbeitet.

Carlotta lächelte in sich hinein. Als sie erstmalig schwarz auf weiß sahen, dass ihr Kontostand mehr als eine Million, damals noch Mark, aufwies, hatten sie mit einem Glas Sekt – nicht mal Champagner – angestoßen.

»Lass uns bodenständig bleiben und so weitermachen. Wir haben einen Sohn, dem wir Werte mitgeben müssen, nicht Geld.« Diesen Satz von Ulrich hatte sie nie vergessen.

Carlotta zuckte zusammen, als sie eine besorgte Stimme hinter sich hörte.

»Frau von Sellbach, alles in Ordnung bei Ihnen?«

Sie hatte die Nachtschwester nicht kommen hören.

»Ja, alles gut. Mein Mann schläft und ich wollte noch ein wenig meine Gedanken sortieren.«

Die Schwester nickte und verschwand, nahezu lautlos, wieder.

Carlotta setzte sich nun in die bequeme Couchgruppe. Etwas nagte ganz besonders an ihr und das musste sie erst verarbeiten. Ihre Schwiegertochter Fenja würde den Posten der Hotelchefin nur indirekt übernehmen.

Valentin hatte sie vor einigen Tagen um ein Gespräch gebeten und ihr mitgeteilt, seine Frau sei mit ihrer neuen Rolle unglücklich. Sie liebe es, ihre Sprachkenntnisse anzuwenden und sehe ihre Aufgabe auch weiterhin am Empfang.

Carlotta hatte interveniert, aber Valentin ließ sich auf keine weitere Diskussion ein.

»Mama, ich verstehe Fenja. Und ich möchte sie happy sehen. Im Büro versauert sie, es macht ihr einfach keinen Spaß, es ist eher Stresspotential.«

»Wenn sie die Arbeit splitten würde ...«

Ihr Sohn winkte ab. Und Carlotta von Sellbach kannte ihren Sohn. Tat er eine Sache ziemlich relaxt ab, hatte er schon eine Lösung in petto. So war es auch.

»Mama, wir können in diesem Fall problemlos Abhilfe schaffen ...«, und er berichtete von Yasmin und ihrer Hilfestellung für Fenja. »Ich würde es dir nicht vorschlagen, hätte ich da nur einen Hauch von Bedenken.«

Carlotta wiegte den Kopf hin und her. »Es wäre eine Premiere, dass ein Nicht-Familienmitglied in die Hotelleitung eintritt.«

»Yasmin ist engagiert, lernwillig, kapiert außergewöhnlich schnell auch komplexe Zusammenhänge. Sie ist seit Kindertagen eine verlässliche Freundin für Fenja und sie ist mir ebenfalls vertraut. Ich komme bestens mit ihr klar. Einen Fremden in die Geschäftsleitung einzubinden, empfände ich genau wie du als zu großes Risiko.«

»Warum sprichst du mit mir, wenn ihr euch eh schon entschieden habt? Ich meine, ihr seid nun die Hotelchefs und von meiner Meinung und Stimme unabhängig.«

»Das wissen wir, Mama. Aber wir sind eine Familie und wir möchten, dass du unsere Entscheidung verstehst und gutheißt.«

Darüber hatte Carlotta sich gefreut und letztendlich ihren Segen erteilt.

Valentin war nie leichtfertig in seinen Entscheidungen. Sie selbst mochte die engagierte Yasmin Yildiz sehr und schätzte zudem auch ihre Eltern.

Die nächsten Monate würden zeigen, ob sich diese Alternative als richtig erwies. Sie konnte alles mit Abstand betrachten, war sie doch mit Uli nicht vor Ort, sondern tausend Kilometer entfernt.

Das allererste Mal in ihrer langjährigen Ehe würde sie mehrere Monate am Stück mit Ulrich zusammen sein, ohne etwas zu tun. Hielt sie das durch? Wieder betrachtete sie die andere Seite der Medaille. Ulrich hatte ihr zur Hochzeit von Fenja und Valentin ein Chalet in Kitzbühel mit Blick auf die legendäre Streif geschenkt – und sie hatte es noch gar nicht gesehen!

Es gab dort einen Verwalter, der für alles sorgte, trotzdem waren die Monate zerronnen, ohne dass sie einen Fuß dorthin gesetzt hatte.

Das würden sie in Kürze gemeinsam nachholen, sobald Uli reisetüchtig war.

Carlotta stand auf und wanderte langsam wieder zum Zimmer ihres Mannes zurück. Ein wenig Vorfreude kam auf. Ihr gehörte ein Chalet in den Bergen! Diesen großen Wunsch trug sie über Jahre hinweg in ihrem Herzen – und Ulrich hatte ihn Wirklichkeit werden lassen.

Valentin hatte sie besorgt gefragt. »Wie kommt ihr denn dahin? Es sind viele, viele Kilometer. Nehmt ihr das Flugzeug?«

»Nein, nein, ich fahre und Ulrich kann sich neben mir entspannen.«

»Aber Mama, das ist nicht mal eben ein kurzer Hopser und ...«

Carlotta war ihrem Sohn ins Wort gefallen. »Mach dir keine Sorgen, Valentin, ich habe das voll im Griff. Auf der Strecke liegen zwei unserer Hotels. Ich werde uns da einbuchen. So entschärfen wir die Reise ganz gemütlich mit Teiletappen und dein Vater sieht endlich wieder eines seiner anderen Häuser. Er war schließlich lange nicht mehr dort.«

Das war natürlich ein nicht zu schlagendes Argument gewesen.

Und was setzte sie als Hotelchefin im unerwartet schnellen Ruhestand als Schlusssatz hintendran? »Wenn ich schon da bin, kann ich auch gleich nach dem Rechten sehen. Das erspart dir eine Reise.« Ihre Augen blitzten auf.

Valentin hatte tief Luft geholt. »Ach Mama ...«

♥ 15 ♥

»Wann sollen wir mit Yasmin sprechen?«, Valentin biss noch einmal herzhaft in sein Frühstücksbrötchen.

»Am besten sofort heute früh«, schlug Fenja vor. »Dann können wir deiner Mutter vor ihrer Abreise ein Ergebnis präsentieren.«

»Meinst du, sie lehnt ab?«

»Ich denke nicht, aber letztendlich weiß man nie. Ich bin sicher, Hannes und sie werden in absehbarer Zeit heiraten und ob sie den Gedanken an eine Adoption haben – ich habe keine Ahnung. Und ehrlich gesagt, traue ich mich auch nicht, sie darauf anzusprechen. Das ist so ein verdammt sensibles Thema.«

»Sie erzählt doch immer von den Nachbarskindern, die gerne rüberkommen.«

»Warten wir einfach ab. Sobald ich im Hotel bin, gehe ich bei ihr vorbei und bitte sie zu uns ins Büro.«

Mehr sagte Fenja nicht, sondern trank ihre Kaffeetasse aus. Klar berichtete Yasmin zwischendurch von den Nachbarszwillingen. Es klang auch fröhlich. Aber Valentin schnappte hinter und zwischen ihren Worten die Spuren der Melancholie leider nicht auf.

»Moin Yasmin«, Fenja steckte den Kopf durch die Bürotür, »bist du gerade busy oder hast du einen Moment für Valentin und mich?«

Yasmin sah auf ihre Armbanduhr. »Ich habe sogar eine ganze Stunde Zeit.«

»Dann komm bitte mit mir.«

»Was bist du so ernst?«, fragte Yasmin, als sie neben ihrer Freundin her zum Büro von Valentin lief. »Hab ich was falsch gemacht?«

»Quatsch! Du musst nicht immer gleich Selbstzweifel haben.«

Mehr erfuhr sie allerdings nicht, bis sie im Büro Platz genommen hatte. Leicht schwindelig verließ sie es eine Dreiviertelstunde später wieder.

Man hatte ihr den Einstieg in die Hotelleitung angeboten! Fenja erklärte ihr noch einmal, dass sie lieber ihre mehrsprachigen Aufgaben am Empfang wahrnahm, als sich durch die trockene Büroarbeit zu wühlen.

Valentin hingegen brauchte Unterstützung, allein konnte er die Hotels nicht managen. Natürlich würde Fenja grundsätzlich mitreden, aber die Arbeit dazu wollte sie keinesfalls.

Eine Bedingung war allerdings an das Angebot geknüpft. Es war ein Ganztagsjob. Den hatte Yasmin zwar jetzt aushilfsweise auch schon, doch dann war der fix.

»Darf ich das erst mit Hannes besprechen?«, hatte sie ein wenig verschüchtert gefragt. »Ich sage euch morgen Bescheid, ja?«

Die Gedanken rasten nur so durch ihren Kopf an diesem Tag, auch weil sie Hannes nicht erreichte. Er hatte frei und wollte Igelunterkünfte bauen, da sich zwei Exemplare in ihrem Gartenbereich befanden. Es war klar, dass sie den Winter bei ihnen verbringen würden.

Sie könnte Hannes schon wieder verwursten, denn sie wusste genau, dass er das Handy im Haus liegen hatte.

Es war schwierig, sich für den Rest des Tages auf die Arbeit zu konzentrieren.

Am Spätnachmittag fuhr sie zurück aufs Land.

Hannes stand in der Küche und schob soeben eine selbstgemachte Lasagne in den Ofen. Wie das duftete!

»Komm mit in den Garten«, er zog Yasmin hinter sich her. »Du darfst mich gebührend bewundern.«

Die Igelunterkünfte waren tatsächlich schön geworden und als beide genauer hinsahen, bewegte sich sogar das schützende Laub.

»Ich denke, der erste Mieter ist bereits eingezogen«, grinste Yasmin. »War Smokey heute draußen?«

»Nur kurz. Er ist zu einem bequemen Couch-Kater mutiert.«

Ein Blick zurück zur Terrassentür bestätigte Hannes Aussage. Saß Smokey doch hinter der Glastür und schaute ihnen – wenn auch interessiert und aufmerksam – aus dem warmen Wohnzimmer zu. Yasmins Herz ging auf.

»Ich gehe wieder rein, mir ist kalt.« Sie rieb sich die Oberarme.

»Ich finde das grandios!«, äußerte Hannes, nachdem er von Yasmin über die mögliche Veränderung in ihrem Berufsleben erfahren hatte. »Aber die Bridal Shower Organisation behältst du, oder?«

»Ja, das ist eben nur ein Halbtagsjob. Die andere Hälfte würde ich mit dem Kram füllen, den Fenja nicht mag. Ich wäre somit wieder ganztags berufstätig.« Sie warf einen Blick zu Smokey, der eingerollt auf der Couch lag. »Wegen ihm habe ich schon ein schlechtes Gewissen.«

»Was hältst du denn davon, wenn wir ihm einen Spielkameraden besorgen?«

Yasmin blickte auf. »Einen Freund? Meinst du, er will das?«

»Er ist doch sonst so viel allein. Meine Vorstellung wäre, wir holen ein neues Familienmitglied kurz vor Weihnachten, dann haben wir zwei Wochen Urlaub und könnten die beiden mit Ruhe und Besonnenheit vergesellschaften. Bei Katzen ist das ja immer so eine Sache.«

Je mehr Yasmin darüber nachdachte, umso schöner fand sie den Gedanken. »Ja, das ist eine gute Idee.«

»Ich rufe mal bei der Tierhilfe an. Die können uns sicherlich einen felligen Hausgenossen vermitteln.« Damit war das Thema fürs Erste ad acta gelegt.

Am folgenden Morgen sagte Yasmin Fenja zu, die es mit sichtlicher Erlösung annahm. »Super! Ich werde eine große Sorge los.«

»Ich verstehe das gar nicht, die Arbeit ist so facettenreich und macht doch Spaß.«

»Mir nicht. Ich lade dich zur Feier des Tages zum Mittagessen ein. Passt halb eins für dich?«

Yasmin nickte.

Erleichtert ging Fenja in das Büro ihrer Schwiegermutter, das sie bisher immer nur mit schweren Schultern betreten hatte. Gott sei Dank, das hier war sie los! Man glaubte gar nicht, wie erleichternd so etwas sein konnte.

Eine Amtshandlung aber übernahm sie noch, nämlich die Info an Carlotta. Sie griff zum Telefon und informierte sie.

Carlotta schluckte alles runter, worauf sie normalerweise gerne hingewiesen hätte: Pflichtbewusstsein, Familienehre, Rosinenpickerei, Notwendigkeiten des Lebens. Stattdessen gab sie sich jovial. »Ihr habt eine gute Wahl getroffen.«

Fenja war überrascht. Keine Krümel an Kritik? Nanu?

Und sie war noch perplexer, als ihre Schwiegermutter zusetzte: »Ihr macht das schon, ihr jungen Leute.«

Von dem Gespräch zwischen Valentin und seiner Mutter wusste sie nichts.

Das Mittagessen gestaltete sich fröhlich. Yasmin entwickelte einen ordentlichen Hunger, sie nahm nicht nur das Tagesgericht Matjes mit Bratkartoffeln, sondern gönnte sich auch noch ein Dessert. »Das brauche ich heute!«

»Ich finde es faszinierend, wenn jemand trotz Aufregung so gut essen kann«, meinte Fenja bewundernd. »Da bin ich fast neidisch. Mir schlägt das immer auf den Magen, ich kriege dann kaum etwas runter.«

»Ich könnte in solchen Situationen alles in mich reinstopfen. Herzhaft, danach wieder süß und erneut von vorne.«

Genüsslich nahm sie einen Löffel ihrer Mokkacreme.

Ihr Dessert musste Yasmin allerdings ohne Gesellschaft aufessen. Fenjas Handy hatte sich gemeldet und sie an den Empfang zurückgerufen, wo ein Kommunikationsproblem auf sie wartete.

»Das Leid einer Hotelchefin«, meinte Yasmin bedauernd.

»Nee, nee!«, schoss es prompt aus Fenja heraus. »Wenn ich jetzt ins Büro meiner Schwiegermutter zurück müsste, dann hätte ich Leid. So nicht. Bis später!«

Carlotta von Sellbach war derweil in ihre Villa zurückgekehrt, um die nötigen Reisevorbereitungen zu treffen. Nach zwei Stunden war sie mit sich zufrieden. Sie hatte viel geschafft – und überdies noch einen schönen Anruf erhalten.

Peter Seifert, der Leiter des Rettungsdienstes, hatte sich gemeldet und ihr mitgeteilt, dass er den Ex-Polizisten Dominik eingestellt hatte.

»Danke für den Tipp, Carlotta. Wie gut, dass du mich am Eröffnungstag des Japan-Restaurants an seinem Tisch platziert hast. In dem Bewerbungsgespräch wurde klar, dass der junge Mann alle Voraussetzungen erfüllt, die dieser Job braucht. Er ist sehr fokussiert, besitzt Empathie und er ist bereit, Schichtdienst zu leisten.«

»Ich habe mir gleich gedacht, dass du ihn mögen wirst.«

Wieder jemanden glücklich gemacht, dachte sie nach dem angenehmen Telefonat. Automatisch seufzte sie auf.

Ich würde mir für mich und Uli auch mal ein kleines Wunder wünschen, ein klitzekleines ...

Als sie zurück in die Klinik kam, saß ihr Uli mit einem Lächeln im Bett.
»Ich habe schon auf dich gewartet, Lotti. Gehen wir in die Caféteria? Ich hätte Lust auf ein Stückchen Kuchen.«
Carlottas Herz hüpfte. Es ging ihm besser!
Da war es, ihr eigenes kleines Wunder – nein, es war ein riesengroßes ...

♥ 16 ♥

Auf ihr persönliches Wunder wartete Paula weiterhin vergeblich.

Nun waren einige Tage nach ihrem alkohollastigen Date vergangen und sie hatte sich davon erholt. Auch allein schon deshalb, weil Tim sich schriftlich bei ihr entschuldigt hatte.

Ich war so nervös, es war mein erstes Date überhaupt, und da habe ich mir Mut angetrunken. Tut mir leid, wenn ich dich in die Flucht getrieben habe.

Paula entschied sich, großzügig zu sein.

Schon gut, ist bereits vergessen.

Das schien Tim zu ermutigen und er bat um eine zweite Chance. Aber die gewährte ihm Paula nicht.

Sorry, die bekommst du von mir nicht. Ein guter Rat fürs nächste Date: Geh nüchtern hin. Kommt besser.

Was sollte sie mit einem Mann, der sich bei einem harmlosen Date schon vor Aufregung betrank? Wie würde das erst bei den wirklich wichtigen oder schieflaufenden Dingen des Lebens aussehen? Sie brauchte eine Stütze, nicht einen Typ, den *sie* halten musste!

Tim versuchte es noch mit ein paar Schmeicheleien, gab aber auf, als die Antwort ausblieb.

Paula verschwendete tatsächlich keinen weiteren Gedanken an ihn, sondern verabredete sich kurzerhand mit dem nächsten Kandidaten. Diesmal in einem Bistro, das kleine Happen anbot. Da bin ich schneller weg, dachte sie schmunzelnd, wenn es sich als Nullnummer herausstellt.

Die Adventszeit war angebrochen, aber entgegen den vorherigen Jahren schmückte Paula ihre Wohnung nur wenig weihnachtlich. Ihr fehlte in diesem Dezember einfach die Lust. Woran es lag? Sie konnte es nicht genau greifen.

Vielleicht, weil ihre Freundinnen so hin und weg waren? Yasmin und auch Fenja lebten voll das Weihnachtsfieber aus.

»Unser allererstes gemeinsames Weihnachten«, schwärmte Yasmin. »Heiligabend werden wir ausschlafen, ausgiebig frühstücken und danach planen wir einen Spaziergang als Einstimmung auf das Fest, bevor wir es uns zu Hause gemütlich machen.«

»Es ist auch unser erstes Weihnachtsfest, allerdings als Ehepaar.« Fenjas Augen glänzten. »Und wir haben Glück, wir sind allein. Valentins Eltern reisen übermorgen in ihr Chalet. Papa feiert mit seiner neuen Familie und meine Mutter ... nun ja, sie will bei ihrer Freundin sein, hat sie zumindest gesagt.«

»Wie sieht es denn bei dir aus, Paula?«, fragte Yasmin.

»Ich werde zu meinen Eltern fahren.« Das verkündete sie so bestimmend, dass Yasmin und auch Fenja daran keinen Zweifel hatten.

Arndt brachte sich wieder telefonisch bei ihr in Erinnerung.

»Magst du nicht am Wochenende zu mir kommen? Wir haben hier in Würzburg einen wunderschönen Weihnachtsmarkt. Den können wir zusammen erkunden.«

»Du, das tut mir leid, aber ich habe Termine bis Freitagabend.«

»Macht doch nichts, dann werfe dich einfach am Samstag im Laufe des Tages ins Auto. Du könntest übrigens gleich hierbleiben. Nächste Woche ist das Fortbildungsseminar. Wir fahren von hier aus gemeinsam dorthin. Ist das ein Angebot?«

Ach ja, dachte Paula erschreckt, das Fortbildungsseminar. Das hatte sie gar nicht mehr auf dem Schirm und sie hätte es ohne Erinnerung glatt versäumt.

»Du, ich brauche das Wochenende einfach für mich. Außerdem habe ich Anfang der Woche noch Patiententermine, sodass ich sowieso zurückfahren müsste.«

»Das ist schade. Wie sieht es denn Weihnachten bei dir aus?«

Paula beeilte sich zu sagen, sie sei bei ihren Eltern eingeladen. »Und du?«

»Ich bin allein und hatte gehofft, du könntest dich

entscheiden, mit mir zu feiern.«

»Leider nein. Aber selbst, wenn ich jetzt zusagen würde, wäre meine Anreise gar nicht sicher. Ich habe den langfristigen Wetterbericht gesehen und demnach soll es bereits vor Weihnachten Schnee geben. Bei winterlichem Wetter würde ich niemals auf die Autobahn fahren.«

Sie sprachen noch ein wenig über fachliche Themen und Arndt verabschiedete sich bis zur kommenden Woche. »Da habe ich ja Glück, dass ich dich wenigstens auf der Fortbildung treffe.«

Irgendwie fühlte sich Paula nach Beendigung des Telefonates bedrängt, obwohl es dafür eigentlich keinen Grund gab. Nur immer nach einer Ausrede suchen zu müssen, gefiel ihr nicht.

Nur eins wusste sie nach diesem Gespräch genau. Sie wollte Arndt nicht sehen, solange sie sich selbst nicht im Klaren war. Das brächte nur unnötige Komplikationen.

Kurzerhand stornierte sie ihre Teilnahme am Seminar. Blöderweise war die Zeit für die kostenlose Stornierung abgelaufen, sodass sie einen kleinen Teil der Kosten tragen musste. Das war zwar ärgerlich, aber sie nahm es in Kauf. Für ihre augenblickliche Gemütslage war es in jedem Fall der richtige Schritt.

Im Hotel rief sie ebenfalls an. Dieses Storno wenigstens war kostenfrei für sie.

Da sie die Zeit der Fortbildung in der Praxis geblockt hatte, durfte sie sich nun auf drei freie Tage in der kommenden Woche freuen. Das wäre doch der ideale Date-Zeitraum!

Sie versuchte, sich zu verabreden und das funktionierte auch.

Klasse, also hatte sie jetzt zwei Dates! Das ließ hoffen!

Melly skypte mit ihrem Taro. Die Sehnsucht nach ihm verursachte ihr nahezu körperliche Schmerzen.

»Ich kann es gar nicht erwarten, bis du endlich kommst.« Sie strich über ihren Bildschirm, als könne sie ihn streicheln.

»So lange brauchen wir ja nicht mehr warten«, tröstete er sie. »Ich bin froh, wenn das hier zu Ende ist. Man versucht nun jeden Tag, mich umzustimmen. Die haben mir schon eine ziemlich hohe Summe geboten, damit ich bleibe.«

»Aha! Bestechung!«

»Wenn du es so nimmst, ja. Ich bin jedoch unbestechlich, geht es um dich.«

Gut gesagt, monatelang haben seine Eltern das Heft in der Hand gehabt und er war alles andere als entschlossen, als es um sie ging. Melly entschied sich deshalb, das heikle Thema anzusprechen. »Was sagen deine Eltern?«

»Mein Vater spricht nach wie vor nicht mit mir, aber meine Mutter ist schon sehr traurig.«

»Sie kann dich doch hier besuchen. Wir haben ein Gästezimmer, sie ist herzlich eingeladen.«

»Ich glaube nicht, dass sie alleine kommen würde ...« Er ließ den Satz vage ausklingen.

Was mochte das bedeuten? Dass sich seine Mutter eine Reise nicht zutraute oder sie das nicht durfte? Besser hier nicht nachfragen. »Wir schauen einfach, was die Zukunft bringt«, antwortete sie salomonisch.

»Und du erzähl mir jetzt bitte, wie es mit den Buchungen zu Weihnachten und Silvester aussieht. Kommt jemand in un ... dein Restaurant?«

Melly strich sich mit der Hand über die Nase, damit er ihr Grinsen nicht sah. Unser Restaurant! Lustig. Auf der anderen Seite wäre das mit der Zeit unvermeidbar. Nur nicht schon am Anfang. Man konnte ja nie wissen, ob der lange Arm aus Japan ihn letztendlich nicht doch noch erreichte.

Sie erschrak. Puh! Schnell weg mit diesen Horrorvorstellungen! Er hatte ihr seine Liebe geschworen. Und damit gut. Blöd nur, dass ab und zu so ein winziges bisschen Angst an der gedanklichen Hintertür anklopfte und sich konsequent in Erinnerung brachte.

»Hey, hallo? Hast du mich nicht verstanden? Ist die Leitung schlechter geworden bei dir?«, fragte Taro nach.

»Entschuldige, es kam ein wenig verzerrt hier an. Ich musste das erst vom Gehirn zuordnen lassen. Kurz gesagt, Weihnachten ist komplett ausgebucht. Silvester ebenfalls. Aber mit Silvester hatte ich eh gerechnet, hier findet ja der große Ball statt, wie jedes Jahr. Dafür sind die Karten schon immer zeitig weg.«

»Dann erzähle mal, was du servieren wirst.«

Melly sprudelte los und Taro hatte noch den einen oder anderen guten Vorschlag. Sie konnte nicht ahnen, dass er einen Grund für sein besonderes Interesse hatte.

♥ 17 ♥

Zu Beginn der nächsten Woche rief Paula bei Arndt an und teilte ihm mit, dass sie nicht an dem Seminar teilnehmen werde.

»Es hat mich erwischt, ich liege mit einer Grippe flach.«

»Das tut mir total leid für dich – und ehrlich gesagt für mich auch. Ich hatte mich tierisch auf unser Wiedersehen gefreut.«

»Aufgeschoben ist ja nicht aufgehoben«, versicherte sie ihm wenig enthusiastisch. Den Ton verstand Arndt schon, schob es aber auf ihre körperliche Konstitution. Und Paula schniefte schnell noch wie bestätigend ins Telefon. Sie hielt das Gespräch bewusst kurz, schließlich saß sie putzmunter auf ihrer Couch, ein Glas Rotwein schon griffbereit. Das schlechte Gewissen klopfte durchaus heftig an.

Allerdings musste sie sich selbst retten. Fertig.

Der Tag des nächsten Dates war gekommen. Paula war positiv gestimmt. Viel schlimmer als das letzte Mal ging ja nicht. Wäre also schon ein Fortschritt, wenn ihr Dating Partner nüchtern käme.

Leider hatte sie sich ausgerechnet die dunkle Jahreszeit für ihre Verabredungen ausgesucht. Diesmal gab es keinen Parkplatz in der Nähe, sie fand schließlich eine Parkmöglichkeit am Straßenrand, jedoch ein gutes Stück vom Treffpunkt entfernt. Jetzt war die Entfernung noch okay, aber nachher?

Als sie ihr Auto abschloss und sich schnellen Schrittes auf den Weg zum Bistro machte, kreisten ihre Gedanken. Heutzutage wusste man nicht mehr, wer abends – und mittlerweile sogar auch über Tag – auf der Straße so lauerte. Man musste jederzeit damit rechnen, überfallen, ausgeraubt oder zusammengeschlagen zu werden. Die Hemmschwelle der Gesellschaft war massiv gesunken. Es wurden kaum harte Strafen dafür verhängt. Eine Einladung für jeden, der seinen Frust öffentlich loswerden wollte. Hier sollte sich der Gesetzgeber endlich auf die Hinterbeine setzen und seine friedfertigen Menschen besser schützen!

Was hatte sie nur für Gedanken? Schnell verwerfen, sie wollte schließlich einen schönen Abend genießen!

Paula drehte sich noch einmal um und sah die Straße hinunter. Im hinteren Bereich war es deutlich dunkler. Oh ...! Gut, dann würde sie eben später die Beine in die Hand nehmen.

Sie wurde bereits erwartet. Jonas hieß er, war Mitte Dreißig und Manager eines Industrieunternehmens. So jedenfalls hatte er sich schriftlich vorgestellt und genau dieses Bild vermittelte er. Erfolgreich, selbstbewusst, kommunikativ – und nett!

Schnell ließen sich Gemeinsamkeiten finden.

Auch er war mit dem Auto gekommen und für ihn galt die gleiche Devise wie für Paula. Keinen Tropfen Alkohol!

»Ich jogge unheimlich gern«, erzählte er ihr.

»Oh, ich auch!«, freute sich Paula. »Nur manchmal hat man das Gefühl, es wird ein einsamer Sport. Aufgrund meines Berufes kann ich mich nicht an eine Laufgruppe binden und so bin ich meist allein unterwegs.«

»Geht mir genauso.« Er lachte auf. »Es gibt Zeiten, da denke ich, ich sollte mir einen Hund anschaffen. Diese Menschen sind unglaublich aktiv und scheinen keinerlei Schwierigkeiten zu haben, sich kennenzulernen. Selbst Wildfremde bleiben beieinander stehen und reden. Natürlich über ihre Hunde, aber es ist doch irgendwie der Beginn einer Kommunikation, die unsereinem schwerfällt. Der Hund ist das Bindeglied. Ich habe einen Freund, der hat eine Hundegruppe über WhatsApp gegründet. Einer von ihnen macht einen Aufruf, dann treffen sie sich. Mal sind es mehr, mal weniger, je nach Zeit und Lust. Das ist alles easy. Da staune ich immer.«

Paula war baff. »Da hast du vollkommen recht. So habe ich das bisher nie betrachtet. Ich sollte einen Hund haben.«

»Ich auch. Nur bei mir passt es zeitlich bedauerlicherweise nicht. Ich bin den ganzen Tag im Büro und zwischendurch auf Geschäftsreise. Das würde einem Tier einfach nicht gerecht. Was machst du denn sonst noch so in deiner Freizeit?«

»Ich male beziehungsweise ich zeichne. Karikaturen besonders gern.« Und dann sprudelte Paula los, erzählte von Fenjas und Valentins Hochzeit und den

Zeichnungen, aus denen sie mittlerweile ein kleines Buch gefertigt hatte, das aber bei ihr lag bis zur Nachfeier.

»Möchtest du auch heiraten?« Jetzt wurde es intimer.

»Ja, schon. Ich befürchte, ich werde in der nächsten Zeit auf einigen Hochzeiten tanzen, leider nicht auf meiner eigenen. Meine Freundinnen sind alle fest vergeben. Nur ich tapse noch allein durch die Welt.«

»Das ließe sich ja heute ändern.« Er sagte es mit einem Lächeln und völlig unaufdringlich.

Das war eigentlich genau das, was Paula gerne hören wollte. Nur: Wo versteckte sich bei ihr das Prickeln? Es funkte nicht. Sie beruhigte sich damit, dass der Abend ja gerade erst begonnen hatte – und sie wechselte das Thema.

»Du hast geschrieben, du verreist mit Leidenschaft. Was sind denn so deine Traumziele? Eher der kühle Norden oder der sonnige Süden?«

»Ganz klar die Sonne. Ich war letztes Jahr in Südafrika, das hat mir unglaublich gut gefallen.«

Paff! Südafrika. Lance.

»Hey, was ist los?«, fragte Jonas besorgt. »Hab ich irgendwas Falsches gesagt?«

Paula schüttelte sofort den Kopf. »Nein, nein, gar nicht. Da wollte ich auch immer mal hin«, sagte sie mechanisch – und hatte das Gesicht von Lance vor sich, seine Gewohnheit, mit den Augen zu zwinkern oder zu lachen. Erst leise, dann laut und völlig losgelöst. Und sein hintergründiger Humor, streckenweise scharf, aber nie verletzend. Sie liebte es, den Witz zwischen den Zeilen zu vernehmen.

»Es lohnt sich. Vielleicht können wir eine Reise

gemeinsam planen.«

»Äh ... ja, wo genau warst du denn?«

Wieder glitten ihre Gedanken zu Lance. Wo eigentlich in Südafrika lebte seine Familie? Das Land war groß ...

Und als hätte Jonas das aufgeschnappt, meinte er: »Das Land ist riesig und so vielseitig. Ich habe eine Rundreise gemacht, du weißt schon, Krüger Nationalpark, Garden Route, Port Elizabeth. Kapstadt und der Tafelberg sind eine Reise wert und ich habe dann an den Stränden des Westkaps relaxed. Das ist wirklich Erholung pur gewesen. Ich würde jederzeit wieder dorthin fliegen. Außerdem ist die ...«

Plötzlich wedelte er mit seiner Hand vor ihren Augen her. »Warum nur habe ich das Gefühl, du hörst mir gar nicht zu?«

»Wie? Doch ... na gut, was hast du gerade gesagt?«

Er lächelte sie lieb an. »Ich erwähnte die wunderbar vielfältige Tier- und Pflanzenwelt. Und jetzt sagst du mir, was dich so aus der Fassung bringt. Mir scheint, dir geistert ein anderer Mann im Kopf herum.«

Patsch, das saß.

Paula seufzte auf und gab es dann schweren Herzens zu. »Ein bisschen trifft es das.«

»Schade. Aber ich verstehe dich auch. Ich habe das ebenfalls durch. Allerdings habe ich es gut überlebt und bin frei für Neues. Ein Tipp an dich, liebe Paula. Arbeite deine Gefühle erst ab, alles andere bringt nichts und zerstört Hoffnungen bei Menschen, die gerne wieder eine feste und ehrliche Beziehung möchten – Typen wie ich.«

Paula stieg die Röte ins Gesicht. Sie schluckte.

Wie unendlich peinlich!

»Das braucht dir jetzt nicht unangenehm sein.« Jonas griff nach ihrer Hand. »Es ist okay so. Was hältst du davon, wenn wir uns trotzdem einen schönen Abend machen und Freunde werden?«

Die nächsten zwei Stunden verflogen nur so. Zwischen ihnen war alles geklärt und daher war die Stimmung gelöst und locker. Jonas brachte sie später zu ihrem Auto und beide tauschten vertrauensvoll ihre privaten Nummern aus.

Paula wusste noch nicht, dass dies der Anfang einer lebenslangen echten Freundschaft werden sollte.

Auf dem Heimweg beschäftigte sie ein Satz von Jonas.

♥ 18 ♥

»Manchmal, Paula, geht das Glück eben einen Umweg, und das besteht aus zwei Teilen. Teil eins, weil das Leben erst die notwendigen Voraussetzungen schaffen muss und daher die Zeit einfach noch nicht reif ist und Teil zwei, damit du es später nicht als selbstverständlich nimmst, sondern zu schätzen weißt.«

Das ließ Paula ihre Lage ein klein bisschen leichter nehmen. Es nutzte ja nichts, wenn man alles zwanghaft probierte und versuchte zu forcieren. Was nicht passiert, passiert eben nicht.

Somit konnte sie das dritte Date recht ruhig angehen, ohne große Erwartungen, sondern mit Neugier auf einen fremden Menschen, der sich auf diesen Abend genauso freute wie sie.

Und Paula tat etwas, was sie eigentlich noch aufschieben wollte.

Sie registrierte sich für ein Mondschein-Date. Die Zeit zwischen Weihnachten und Neujahr schien ihr ideal, vielleicht wäre sie dann Silvester nicht allein

... und wenn doch, nicht schön, aber okay.

Uff, das Ausfüllen des Dating Profils ist echt nicht ohne, was die alles wissen wollen, dachte sie, während sie so einiges von sich preisgab. Letztendlich verständlich, es war notwendig, es sollte schließlich passen, gerade wenn man einen Menschen trifft, von dem man weder weiß, wie er aussieht, noch mit ihm jemals Kontakt hatte.

Eine Garantie für die große Liebe war das natürlich nicht, aber als sie ihre Daten mit einem Klick endgültig abschickte, war sie mit sich zufrieden. Welche Partnervorschläge erhielt sie wohl? Waren die überschaubar oder hatte sie letztendlich die Qual der Wahl?

Als Belohnung gönnte sie sich einen Glühwein, dem sie beim letzten Einkauf nicht hatte widerstehen können und rief laut, als wäre noch jemand in der Wohnung: »Yeah, das Mondschein-Date ist meins!«

Melly war das erste Mal dankbar für eine Absage. Ein Tisch für acht Personen wurde storniert.

»Es tut mir so leid«, die Dame am Telefon entschuldigte sich vielmals, »aber meine Mutter ist soeben ins Krankenhaus gekommen, da können wir unmöglich meinen Geburtstag auswärts feiern.«

Melly hatte dafür vollstes Verständnis. Sie sagte nicht, dass sie froh war, dadurch ein wenig mehr Luft zu haben.

Die Adventszeit hatte gerade erst begonnen, das Restaurant ohne Ausnahme jeden Abend bis Silvester ausgebucht und sie kroch bereits jetzt auf dem Zahnfleisch.

Da musst du durch, motivierte sie sich selbst, sei

dankbar, dass es läuft! Und im nächsten Jahr sieht die Sache schon ganz anders aus, wenn Taro endlich bei mir ist.

Das Telefon schellte erneut. In liebevollen Gedanken an Taro nahm sie das Gespräch an und hörte kurz darauf das Jubeln einer Kundin, die sich freute, dass sie so kurzfristig noch einen Tisch ergattern konnte.

Wie gewonnen, so zerronnen.

Ein Blick auf die Armbanduhr zeigte ihr, dass sie sich eine kleine Pause gönnen sollte.

Hunger hatte sie keinen, so schnappte sie sich ihre Jacke und ging zur Strandpromenade runter. Aber der Wind, der vom Meer herüberwehte, war derart kalt und ungemütlich, dass sie kurz darauf schon wieder in ihrem Küchenbereich war. Wenigstens bin ich gut durchlüftet, empfand sie. Mit frischem Elan widmete sie sich erneut den Vorbereitungen für den Abend.

Sie überlegte immer noch den Kauf eines Weihnachtsbaumes für ihr Penthouse. Einerseits liebte sie die Weihnachtszeit und hatte in Japan auf diesen Brauch verzichten müssen. Sie hatte sich geschworen, sollte sie je nach Deutschland zurückkehren, einen Christbaum zu schmücken. Andererseits hatte sie natürlich zu wenig Zeit, um ihn richtig zu genießen.

Auf dem Nachhauseweg gestern Nacht waren ihr an einigen Stellen die Schilder mit dem Verkauf von Weihnachtsbäumen ins Auge gestochen. Klar, wenn man sich mit einem Thema beschäftigt, wird man sowieso immer wieder mit der Nase darauf gestoßen.

Sollte sie – sollte sie nicht?

Fenja kam in die Küche. »Hast du einen Happs, den ich schon vorkosten kann?« Ihre Augen wanderten über die appetitlichen Lebensmittel in den Porzellanschüsseln.

Melly grinste. »Du kannst von dem Algensalat probieren und Ramen ist auch fertig.«

»Super.«

»Schau dort«, Melly zeigte auf kleine Schüsseln, die am Rand der Küchenablage standen, »bedien dich davon.«

Fenja ließ sich nicht zweimal bitten. »So lecker, wirklich! Danke. Ich hätte ja niemals gedacht, dass Algensalat so gut schmeckt.«

»Und so gesund ist«, setzte Melly hinzu.

»Nudelsuppe liebe ich sowieso.« Fenja schaufelte das Süppchen mit Appetit. »So, nun muss ich auch wieder. Heute ist Kampftag. Viele reisen ab und einige Neuankömmlinge sind schon da.«

»Warte kurz. Ich habe eine Frage an dich, einen Weihnachtsbaum betreffend ...«

Yasmin schaute zu ihrem Feierabend bei Melly rein. »Wollte nur eben Hallo sagen – und tschüss auch. Bin jetzt weg! Bis morgen.«

»Da du gerade hier bist«, Melly trocknete sich schnell die Hände ab und füllte etwas Ramen in eine kleine Schüssel, »probier bitte. Und eine Frage musst du mir beantworten. Wie siehst du das?«

»Wie sehe ich was?« Gern nahm Yasmin die Suppe entgegen und kostete. »Guuut!«

»Thema Weihnachtsbaum ...«

Irgendwie waren Christbäume auch Gegenstand der Unterhaltungen bei Gästen. Denn als sie, wie üblich, durch die Reihen ihrer Tische ging, um alle zu begrüßen, erzählten viele von ihren Weihnachtsvorbereitungen und berichteten über den Kauf eines Baumes. Wobei Ehepaare da oft unterschiedlicher Meinung waren. Während die Augen der Frauen glänzten, nickten die Männer nur stoisch. Weihnachtskugeln, Engel und Sterne schienen nur notgedrungen ihre Themen.

Auf dem Nachhauseweg durch die nächtliche City hatte sie eine Entscheidung getroffen. Ein Baum würde bei ihr einziehen. Fenja und auch Yasmin waren beide der gleichen Meinung gewesen. In so ein schönes und großes Penthouse gehöre unbedingt ein wundervoll geschmückter Christbaum.

»Der steht doch nicht nur in der Adventszeit. Anfang Januar, wenn alles ruhiger ist und du das Lokal ein paar Tage geschlossen hast, kannst du ihn dann genießen«, argumentierte Yasmin. »Ohne ist doof.«

»Und wenn du nur stundenweise was davon hast«, war Fenjas Meinung, »lohnt es sich. Ein Weihnachtsfest ohne Baum ist für mich gar keins.«

»Nun ja, ich bin ja im Restaurant, nicht zu Hause.«

»Aber danach wird er deine Seele streicheln.«

Somit war es entschieden, ihr Penthouse würde ein Weihnachtsbaum bekommen! Fenja hatte ihr die Adresse des Lieferanten gegeben, der ihre Bäume, im Hotel sowie privat, anlieferte. »Da brauchst du dich nicht abschleppen, die bringen den und stellen ihn auch auf. Nur schmücken musst du ihn selbst.«

Tja, der Baumschmuck. Sie hatte natürlich nicht eine einzige Kugel. Aber der Ehrgeiz hatte sie gepackt und so bestellte sie noch in der Nacht Weihnachtskugeln und Lichterketten online. Sie war wie in einem Rausch gewesen, hatte Kugeln in den Warenkorb gelegt, schönere gefunden, die ersten wieder rausgeschmissen und so hatte sich das fortgesetzt.

Dazu beigetragen hatten die ersten Schneeflocken des Jahres, die ganz heimlich und leise während ihrer Heimfahrt vom Himmel gefallen waren.

Halb zwei war ihre Kugel- und Lichterorgie beendet und sie schlich völlig fertig, aber auch zufrieden, ins Schlafzimmer. Ein letzter Blick nach draußen zeigte: Es wurde Winter. Schön!

Am kommenden Morgen schellte es.

Mit einem Auge sah sie auf die Uhr neben ihrem Bett. Halb neun, oh Mensch!

Es klingelte erneut, diesmal dringender.

Das konnte nur der Postbote sein. Sie hatte alle Weihnachtsgeschenke online bestellt, weil es ihr einfach an keinem Tag möglich war, vor Ort in die Geschäfte zu gehen.

»Komm ja schon«, murmelte sie vor sich hin, schlurfte los und drückte den Türöffner. Es blieb noch Zeit, schnell Jogginghose und Schlabbershirt überzuwerfen, um an der Wohnungstür zu sein, wenn der Aufzug bei ihr ankam.

Der Fahrstuhl hielt, fix wuschelte sie sich mit der Hand durchs Haar, sie wollte schließlich nicht ganz so verschlafen vor dem Postboten dastehen – und erlebte ein wunderschönes Déjà-vu.

♥ 19 ♥

Ein Mann mit schwarzem Haar stand, mit dem Rücken zu ihr, in der Kabine. Langsam drehte er sich um.

Mellys Herzschlag setzte für einen Moment aus. Dann flog sie in seine Arme.

»Taro, Taro, Taro!«, quietschte sie. »Wo kommst du her? Warum hast du nicht angerufen? Ich fasse es nicht! Was für eine großartige Überraschung!« Schon hing sie an seinem Hals.

Es war nass. Nun registrierte sie die schmelzenden Schneeflocken auf seiner Jacke und in seinem Haar.

In diesem Augenblick schlossen sich die Aufzugtüren und der Fahrstuhl setzte sich abwärts in Bewegung.

»Ach du Scheiße!« Jetzt erst wurde Melly bewusst, dass ihre Wohnungstür oben offenstand. Sie stand auf Zehenspitzen mit nackten Füßen im Aufzug, hatte keinen Schlüssel. Der Gau wäre, die Tür fiele nun ins Schloss. »Taro ...«

»Ich hab's schon kapiert. Du fährst gleich wieder hoch und ich renne die Treppen rauf. Wer eher da ist, versucht, ein Unglück zu vermeiden.«

Unten warteten die Mieter, Jörn und Susi, aus dem dritten Stock. Sie hatten zwei Wasserkästen und drei große Einkaufstüten zu transportieren. Taro grüßte nur kurz und schoss das Treppenhaus hoch.

Ein wenig irritiert schauten die Hausbewohner Taro hinterher und auf Mellys nackte Füße, denn sie waren winterlich warm eingepackt. Auch sie trugen Schneeflocken auf Kleidung und Haaren.

Melly erklärte die Situation und Jörn packte die Einkäufe in die Kabine. Es wurde ein bisschen eng, denn Taros zwei Koffer standen ja immer noch drin.

»Auweia, Schlüsseldienste sind teuer«, meinte Jörn und verzog wie schmerzhaft den Mund. Dann drückte er beherzt den Knopf für den vierten Stock. »Fahren wir doch erst zu dir.« Und Susi setzte hinzu: »Ist die Tür zu, kriegst du warme Socken von mir.«

Oben angekommen jedoch löste sich Mellys Angst, die zu quälendem Herzklopfen und zu einem Stoßgebet geführt hatte, in Luft auf. Mit Siegerpose stand Taro in der Tür.

Kaum war die Wohnungstür hinter ihnen und Taros Rollkoffern geschlossen, küssten sie sich leidenschaftlich. »Erzähl!«, hauchte Melly atemlos. »Wie lange wirst du hier bleiben?«

Und hier erlebte sie die nächste Überraschung.

»Für immer.«

Melly stutzte. »Sag – das – noch einmal.«

»In den beiden Koffern ist mein ganzes Leben. Ich bleibe bei dir, sofern du mich willst.«

Und ob sie wollte! Gemeinsam duschten sie und Taro trug sie danach ins Schlafzimmer, wo sie ihre

Liebe zelebrierten. Das anschließende kleine Frühstück nahmen sie in Hektik ein, denn Melly musste ins Restaurant.

»Mach es dir bequem, schlaf dich aus, schau fernsehen – lass es dir einfach gutgehen.«

Er sah sie verständnislos an. »Spinnst du? Ich gehe natürlich mit.«

»Quatsch, du hattest so eine weite Anreise.«

»Ja und? Zu zweit ist alles schöner und wir sind eher fertig.«

Melly strahlte ihn an, ihre Welt verwandelte sich roséfarben. Gestern hatten sie Stress und Anstrengungen ohne Ende fest im Griff, nun sah sie mit Energie und großer Freude der Weihnachtszeit entgegen.

»Gehen wir zusammen einen Weihnachtsbaum aussuchen?«

»Natürlich. Ich freue mich schon auf die deutsche Weihnacht.«

Melly schleppte Taro zuerst zu Fenja, die mit großen Augen schaute. »Ich glaube, ich habe eine asiatische Fata Morgana.«

»Ich bin heute der inoffizielle Beikoch«, scherzte Taro und umarmte Fenja zur Begrüßung.

»Dann geht bitte gleich rüber zu Valentin ins Büro. Er wird das so regeln, dass es damit kein Problem gibt.«

Als die notwendigen Formalitäten erledigt waren, schauten die beiden bei Yasmin im Büro vorbei. Die allerdings hatte Kunden, so winkte Taro nur durch die Tür.

Trotzdem stand Yasmin auf, entschuldigte sich bei der Braut und ihrer Begleitung und kam auf den

Flur. »Was für eine Überraschung! Hallo Taro! Ich wusste gar nicht, dass du kommst.«

»Ich auch nicht«, jubelte Melly. »Er ist sozusagen mein Weihnachtsgeschenk.«

Nach einigen netten Worten liefen Melly und Taro in die Küche. Ihre Liebe beflügelte sie und die alte Vertrautheit kam wieder auf. Sie arbeiteten Hand in Hand und die gemeinsamen Vorbereitungen ließen am Nachmittag sogar Zeit für eine Tasse Kaffee und ein hausgebackenes Stückchen Zimtkuchen im Café des Hotels.

»Du hast gesagt«, amüsierte sich Taro, »ich sei dein Weihnachtsgeschenk. Wo muss ich denn da die Schleife rumbinden?«

Melly sah ihm mit anzüglichem Blick auf die Hose. »Ich wüsste wo.«

Während Taro erneut in die Küche ging, telefonierte Melly mit Paula.

»Echt? Taro ist da? Bleibt er bis zum neuen Jahr oder fliegt er in Kürze zurück oder was ist Phase bei euch?«

»Er bleibt.« Melly berichtete freudestrahlend.

»Wow, da hast du dein Weihnachts- und Neujahrsgeschenk schon bekommen.«

»Das kannst du wohl sagen. Wie sieht es denn bei dir und deinen Dates aus?«

»Das Zweite war ganz prima und wir werden uns wiedersehen.«

»Toll! Ich freu mich für dich.«

»Es ist anders, als du denkst.« Paula erzählte von ihrem Date, den Übereinstimmungen, aber auch von dem fehlenden Prickeln.

»Oh ...«, mehr wusste Melly nicht zu sagen, denn

es tat ihr leid. Hatte ihre Freundin eigentlich nur Pech?

»Egal. Ich glaube, ich habe mit Jonas einen echten Freund gewonnen. Das ist doch schon mal was.«

Nach dem Gespräch wurde Paula sehr nachdenklich.

Sie hatte damit geliebäugelt, die eine oder andere freie Stunde mit ihrer Freundin Melly zu verbringen, solange sie noch ohne Taro war. Das fiel nun flach, denn die würde naturgemäß ihre spärliche Freizeit mit ihrem Freund teilen. Verständlich.

Ihr blieb die dritte Verabredung – und danach das sagenumwobene Mondschein-Date. Zwei weitere hoffnungsvolle Versuche, die große Liebe zu finden.

Geh einfach mit guter Laune los und habe nicht so hohe Erwartungen, dann wird das schon, pushte sie sich, als sie einige Abende später zu ihrem Date aufbrach. Wenigstens hatte die Location wieder einen Parkplatz.

Unangenehm war nur das Wetter. In den letzten Tagen hatte es geschneit und der Schnee war auch liegengeblieben. High Heels wären daher Selbstmord, aber dicke Schuhe mit Sicherheit abtörnend.

So entschied sie sich heute für ein sportlich-schickes Outfit, das dieses Problem löste. Sie trug ein weißes, enges Shirt, versehen mit einigen Strass-Steinchen und einen schwarzen Blazer zu einer schwarzen Skinny-Jeans, kombiniert mit weißen Sneakers. Ihr Styling komplettierte ein mittelgroßer silberner Shopper.

Sie besah sich im Spiegel. Warum eigentlich immer nur High Heels? Die sportliche Variante stand ihr gut!

Zufrieden zog sie ihren dicken Wintermantel über und verließ ihre Wohnung. Gefühlt sibirische Kälte schlug ihr entgegen. Die Dunkelheit wurde gemildert durch das Licht der Straßenlaternen. Es war erstaunlich viel los in ihrer Straße um diese Zeit. Kein Wunder, so kurz vor Weihnachten rannten alle nach Geschenken, kauften wie wild Lebensmittel oder waren auf dem Weg zu Weihnachtsfeiern mit Kollegen.

Die Fahrt in den Nachbarort war so na ja. Es hatte wieder begonnen zu schneien. Hoffentlich blieb bloß die von den Wetterfröschen vorhergesagte Glätte aus!

Der Wagen vor ihr geriet beim Anfahren an einer Ampel ins Rutschen und ein Idiot fuhr ihr ziemlich nahe an die Stoßstange. Der Scheibenwischer tat seine Arbeit, aber die immer dicker werdenden Flocken im hellen Straßenlicht nahmen ihr die gute Sicht. Eine Situation, die sie ungemein nervös werden ließ.

Dann aber war es geschafft, sie steuerte den Parkplatz des Restaurants an und hatte höllisches Glück, dass soeben eine Parklücke frei wurde, ansonsten hätte sie ein Problem gehabt.

Hoffentlich zieht sich das Glück durch, dachte sie, als sie das Lokal betrat.

Ihr Date sah klasse aus, gar keine Frage. Das ließ Paula zuerst hoffen. Er winkte ihr von einem Tisch in der Nähe zu, auf dem bereits eine geöffnete Flasche Wein stand.

Leider bekam das komplette Restaurant sein Willkommen mit, so auffällig gestaltete cr es. Und noch bevor sie am Tisch saß, wusste sie, dass sie sich besser auf dem Absatz umdrehen sollte. Sie blieb trotzdem und bereute es kurze Zeit danach bitter.

♥ 20 ♥

Marek war selbstbewusst und redegewandt. Leider bedeutete dies auch, dass er sich als Angeber entpuppte. Seine Devise hieß ICH.

Zuerst goss er ihr ungefragt ein Glas Wein ein, nicht, ohne ihr die Flasche hinzuhalten und darauf hinzuweisen, diese Auswahl sei hochpreisig und er ein gewiefter Weinkenner. »Eine Besonderheit, der Wein wird dir schmecken.«

Paula bekam keine Gelegenheit zu erwähnen, dass Weißwein nicht unbedingt ihrs sei und sie sich eher, wenn überhaupt, einen Roten bestellt hätte. Die Bedienung kam schnell an ihren Tisch und fragte nach ihren Wünschen. Sie entschied sich für ein Mineralwasser, was das Heben einer Augenbraue von Marek zur Folge hatte.

»Brauchst du nicht!« Er machte eine wegwerfende Handbewegung. »Mein Porsche steht vor dem Eingang, der bringt dich sicher nach Hause.«

Aha. Das also war der rücksichtslose Fahrer des Autos, der ihr bei der Parkplatzsuche unangenehm aufgefallen war, weil er breit und fett auf zwei Plätzen stand.

Paula lächelte nur sparsam, denn er sprach in einer Lautstärke, welche die angrenzenden Tische direkt mit beschallte.

Die Haarsträhne, die ihm ins Gesicht fiel, strich er stets mit einem Fünf-Finger-Kammgriff nach hinten. In den ersten zehn Minuten schon auffällig oft und irgendwann fing Paula an, mitzuzählen.

Er trug Anzug. Gott sei Dank keine Krawatte, dann hätte sie sich in ihrem Outfit völlig deplatziert gefühlt. Leider nestelte er an seinem Hemd und schwupp – war ein weiterer Knopf geöffnet, der sein Brusthaar zeigte.

Auweia, das muss ich doch alles nicht haben, dachte Paula betroffen. Steh auf und geh, schrie es in ihr. Da aber die nette Bedienung heranschoss und die Speisekarten mit einem Lächeln überreichte, war der Punkt verpasst.

Während sie ihre Karte studierte, wurde sie von Marek dauerbeschallt. Sie erfuhr, er habe bereits in vielen gehobenen Restaurants getafelt und welche Prominenz er dort getroffen habe. Leider hatte er an jedem Sterne-Essen etwas zu meckern. Anscheinend nahmen ihm mehrere befreundete Fernsehköche, so seine Aussage, Ratschläge zur Küche nicht übel, denn er wusste genau, wie man es besser machen könne: Ein Hauch mehr Koriander, die Soße mit einem Tacken Sherry verfeinern, das Gemüse eine Spur weniger köcheln lassen.

»Du kochst selbst gerne?«, fragte deshalb Paula.

»Um Gottes willen, nein! Ich lasse kochen.«

»Aha. Du hast eine Köchin?« Die Frage war mehr oder minder scherzhaft gemeint, aber das hatte Marek nicht verstanden.

»Bisher hatte ich immer Freundinnen, die das erledigt haben.«

»Soso.«

»Ich nehme an, du kochst gerne?«, er zwinkerte ihr zu, »ich kann dir meine Designerküche zeigen, da findest du alles, was das weibliche Kochherz begehrt.«

Paulas Antwort triefte vor Ironie. »Ich liebe es. Das Ausprobieren neuer Rezepte erfüllt mich voll und ganz.«

»Wie schön! Dann darfst du mich mal verwöhnen, wenn ich vom Golfplatz komme.« Er berichtete ihr von dem elitären Club, in dem er wöchentlich golfte, von seinem Handicap, das natürlich – wen wundert's – dem von Tiger Woods gleichzusetzen war.

Paula hatte inzwischen, obwohl es durch Mareks unerschöpflichem Redefluss nicht ganz einfach war, ein Gericht gewählt. Sie verzichtete auf Vorspeise und auch Dessert, denn sie hatte beschlossen, den Abend schnellstmöglich zu beenden.

Und was war Mareks Kommentar auf ihre Bestellung, und das im Beisein der Bedienung?

»Du kannst ruhig zuschlagen. Ich zahle das Essen sowieso. Ich bin Gentleman, versteht sich.« Zufrieden mit dieser Verkündung lehnte er sich zurück und verschränkte die Arme vor der Brust.

Entsetzt sah sie auf. »Das ist zwar sehr nett von dir, aber was ich essen möchte, kann ich durchaus selbst bezahlen. Und ein Hauptgericht reicht mir aus.«

Die junge Frau stand peinlich berührt vor ihrem Tisch. »Was darf ich Ihnen denn bringen?« Dabei lächelte sie Paula verschwörerisch an und beide wussten, was die jeweils andere dachte.

Während sie auf das Essen warteten, erklärte er ihr den Golfsport. Wenn Paula etwas nicht interessierte, war es das.

Sie versuchte einzuflechten, dass sie Laufen vorziehe, aber keine Chance. Er hatte das Reden übernommen und schien nicht gewillt, seine Vorträge zu unterbrechen.

Im Übrigen war er eine nicht zu schlagende Sportskanone. Er war natürlich ein meisterlicher Rettungsschwimmer und hatte schon mehrfach Menschen aus tosenden Fluten gerettet, im Handballverein war er der Torheld und Reiten seine Passion.

Ob sie denn auch reite? Nein? Wie ungewöhnlich! Für ihn gehörte der Reitsport zu jeder Frau von Welt. »Reiten ist ein wunderbarer Sport.«

Paula konnte nicht anders, als zu sticheln. »Irrtum. Das Pferd macht den Sport, nicht der Reiter.«

Das hatte er aber nicht verstanden, und so ging es nahtlos über zum nächsten Thema.

Er flog natürlich nur Business zum Shoppen in die großen Metropolen dieser Welt. New York, Mailand, Paris, London, Sydney. Mit den bedeutenden Modedesignern war er per du.

Schnell war sein Handy zur Hand und er wischte über das Display. »Hier! Kannst du blättern.«

Aber Paula nahm das Gerät nicht. »Reicht, wenn du mir die Fotos zeigst.«

Überraschend sah sie ihn nicht mit den gerade so gepriesenen Designern, sondern nur in Angeberpose mit einigen Models, von denen sie allerdings keins kannte.

Paula griff ihre Handtasche. »Entschuldige mich für einen Moment.« Sie stand auf und lief Richtung

Waschräume. Sie brauchte eine kurze Zeit der Sammlung, um zu entscheiden, wie es nun weiterging. Bevor sie den Raum betrat, drehte sie sich noch einmal um und sah, wie Marek selbstverliebt ein Handybild nach dem anderen wischte.

Macho, Macho!

Sie ließ eiskaltes Wasser über ihre Handgelenke laufen und starrte angestrengt in den Spiegel.

Und das mir, dachte sie, musste aber unvermittelt auflachen. Wie witzig! So was sieht man sonst nur im Fernsehen. Nimm's sportlich, Paula, du bekommst ein leckeres Essen, genieße es und mach danach den Abflug.

Mit diesen positiven Gedanken ging sie an dem Tisch zu ihrem Schönling-Angeber-Alleinunterhalter-Macho-Date zurück.

Der hatte sich thematisch nun dem Surfen verschrieben. »In den frühen Sommermonaten fliege ich nach Kalifornien. Dort gibt es die besten Surfspots. Und in Los Angeles und San Diego kann man wunderbar shoppen. Ah, und Party machen! California Girls und Sonne ...«, er war ins Schwärmen geraten, bemerkte aber diesmal seinen Fauxpas. »Natürlich nur, wenn man allein ist. Mit einer Partnerin sieht die Lage selbstverständlich anders aus. Surfst du eigentlich? Dann könntest du dich mir doch anschließen. Ich kann das für dich organisieren und ...«

»Nein, danke. Surfen ist nicht meins. Ich laufe seit Jahren und das gern, habe ich vorhin schon erwähnt.«

»Du weißt gar nicht, was du verpasst. Ich bringe es dir bei. Mit ein bisschen Talent ist das alles ganz easy. Du brauchst nur zwei Neoprenanzüge, einen für den Sommer, einen für die kälteren Tage. Ich kenne mich da bestens aus.

Na klar, ganz ohne Zweifel!

Während des Essens gab es einen weiteren Stoß Richtung Aus. Er fragte nach: »Sorry, ich hab deinen Namen vergessen. Ich entschuldige mich auch dafür. Wie heißt du nochmal?«

Jetzt reichte es wirklich.

Paula legte ihr Besteck beiseite. »*Ich* habe deinen Namen behalten, Marek.«

»Das kann doch mal passieren«, aber unangenehm war es ihm. Nur wurde er just durch eine Person gerettet, mit der sie niemals gerechnet hätte.

»Hallo Paula«, hörte sie plötzlich eine ihr bekannte Stimme. Eine, bei der ihr Herz zu schmelzen begann.

♥ 21 ♥

Vor ihrem Tisch stand Lance.

»Lance …«, mehr brachte sie nicht heraus.

»Ich bin mit einem Kollegen hier«, er zeigte auf den Mann in seiner Begleitung. »Allerdings gefällt mir das Publikum hier nicht«, er warf einen Blick auf Marek, »wir gehen wieder. Aber da ich dich gerade sah, wollte ich eben Hallo sagen. Ich will auch gar nicht weiter stören.« Er klopfte auf den Tisch, wandte sich ab und verließ gemeinsam mit seinem Kollegen das Restaurant.

Paula saß wie in Schockstarre.

»Wer war das denn?«, fragte Marek.

Und nun traf ihn Paulas ganzer Unmut, ihre Wut, nicht gegangen zu sein, als ihr Unterbewusstsein sie dringend darauf hingewiesen hatte. Dann hätte sie dieses unselige Treffen vermieden!

»Das brauche ich dir nicht erklären, du behältst ja sowieso keine Namen! Und ich denke auch nicht, dass wir zwei eine Zukunft haben.«

Er prallte förmlich zurück. »Was habe ich denn falsch gemacht?« Sein Verhalten reflektierte er also in keiner Weise.

»Eigentlich nichts. Es passt nur nicht zwischen uns.«

»Ja schade ...«

Paula machte der Bedienung Zeichen. »Ich zahle meinen Teil und gehe jetzt.«

Unerwartet bekam Marek doch noch einen sympathischen Touch. »Nein, das ist schon in Ordnung. Ein Date zahlt der Mann. Ich übernehme das hier.«

Völlig überrascht stammelte Paula: »Na, dann danke. Ich wünsche dir alles Gute.« Sie packte ihre Handtasche, verließ, schnell den Mantel von der Garderobe nehmend, das Lokal und hastete zu ihrem Wagen.

Mit einem Riesenseufzer ließ sie sich in den Autositz fallen. Oh Mensch! Was ich mit Männern mitmache, reicht wohl für mindestens zwei Leben. Oder sind es mittlerweile schon drei?

Egal, ab nach Hause, Date abschütteln und was Nettes trinken.

Sie war gerade auf die Hauptstraße abgebogen, als ihr Handy bimmelte.

»Hi Paula, hier ist Lola. Kann ich dich was fragen?«

»Klar.«

»Mein Tom hat einen Freund, den Frank, der brauchte unbedingt die Beratung einer Psychologin. Er möchte seine Ehe retten. Darf er mal bei dir vorbeikommen?«

»Das kann er tun. Er soll mich wegen eines Termins anrufen. Aber ehrlich gesagt, dazu gehören immer zwei. Eine Paartherapie wäre da angesagter.«

»Vielleicht hilft ihm das, mit dir zu klönen.«

»Dann sag ihm, er soll sich melden. Was ist denn

das für Musik im Hintergrund?«

»Tom und ich haben uns bei Frank getroffen. Das war echt schwer heute Abend. Jetzt entspannen wir uns in der *Sandbar*.«

»Ich bin unterwegs und da komme ich gleich vorbei. Kann ich eine halbe Stunde zu euch stoßen?«

»Sicher. Komm her. Wir warten auf dich.«

Als Paula vor der *Sandbar* stand, bereute sie ihre Spontanität schon. Wäre sie besser nach Haus gefahren! Warum jetzt in einer Bar rumlümmeln und Smalltalk machen? Blöde Idee!

Sie holte noch einmal Luft, bevor sie die Tür aufzog und eintrat.

Eine angenehme Geräuschkulisse empfing sie. Man hörte Lachen, sie sah in entspannte und fröhliche Gesichter, sodass sich ihre Laune etwas besserte. Na schön, sie würde einen alkoholfreien Drink schlürfen und dann ab nach Hause düsen!

Sie wühlte sich durch das Publikum, bis sie Lola und ihren Tom entdeckte, endlich erreichte und begrüßte.

»Ich staune«, meinte sie, sich umblickend, »wie voll das ist. Allerdings war ich auch schon lange nicht mehr hier. Ich brauche unbedingt einen Cocktail.«

Paula bestellte einen alkoholfreien Strawberry Margarita. Und nun verstand sie, warum das hier so abging. Der Barkeeper sah unverschämt gut aus und hatte ein so gewinnendes und dazu männliches Lächeln, das einem fast schwindelig wurde. Einen Ring trug er nicht. Jetzt fiel ihr auf, dass die erste Reihe der Barhocker ausschließlich von Mädels besetzt waren, die ihn offensichtlich anhimmelten. So macht man Umsatz ...

»Das ist aber auch ein Traumschnittchen«, flüsterte sie Lola zu.

Die nickte, gab jedoch einen verliebten Kommentar zu ihrem Tom ab. »Mir sind andere Männer höllisch egal. Ich habe meinen Tom. Und ich freue mich total auf unsere Hochzeit. Weißt du eigentlich, dass ich meine Bridal Shower von Yasmin organisieren lasse?«

»Echt? Na, dann wird das ein Hammer! Und das sind ja tolle Neuigkeiten. Erzähl mal! Wann ist es denn soweit?«

Lola sprudelte los und Paula hörte interessiert und ein bisschen neidisch zu. Wieder eine Freundin von ihr, die es geschafft hatte. Und wieder eine, die ihren zukünftigen Mann draußen in der freien Wildbahn kennengelernt hatte, ohne Dating Portal, ohne mühsames Kennenlernen per Laptop oder Handy.

Warum stand nicht einfach ihre große Liebe heute hier unter den Gästen, vielleicht mit einem Glas in der Hand ... er wirft ihr erste Blicke zu ... lächelt zu ihr herüber ... kommt schließlich zu ihr ... quatscht sie nett und niveauvoll an ... sie verbringen den Abend zusammen ... es wird gelacht und erzählt ... und am Ende verabredet man sich für den nächsten Tag!

»... Brautkleid«, vernahm sie nur.

Ups, ihre Gedanken waren schon wieder woanders. Sie entschuldigte sich bei Lola: »Kannst du den letzten Satz wiederholen, ich habe es akustisch nicht verstanden.«

Das tat Lola nur zu gerne. »Ich freue mich total auf mein Brautkleid. Fenjas war wirklich toll, aber ich möchte einfach eins mit ganz viel Stoff im

Rock, so richtig weit.«

»Also ein Prinzessinnenkleid.«

»Genau.«

»Das wollte Fenja zuerst auch.«

»Wie?«

»Sie hatte sich ein ausladendes Prinzessinnenkleid vorgestellt und sich dann in ihr Spitzenkleid verliebt.«

»Du meinst also, die Auswahl in so einem Laden wird mich fast erschlagen und ich komme hinterher mit einem ganz anderen Brautkleid da wieder raus als gedacht.«

»Das muss nicht unbedingt sein, allerdings ist diese Möglichkeit durchaus gegeben«, grinste Paula. »Freu dich einfach auf die Riesenauswahl. Das ist so ein schöner Tag, glaub mir. Was hatten wir mit Fenja für einen Spaß! Geht deine Mutter denn mit aussuchen?«

»Mitsamt meiner zukünftigen Schwiegermama. Aber sie sind beide verträglich und total modern eingestellt.« Lola kicherte. »Es ist also keine Strafe, sie mitzunehmen. Du, wo hatte Fenja eigentlich ihren Brautstrauß her, weißt du das oder soll ich sie anrufen? Der war nämlich echt toll!«

Paula nannte ihr die Adresse. »Geh einfach hin und lass dich inspirieren. Die Eigentümerin hat prima Ideen.« Und dann rutschte Paula heraus: »Wenn ich einmal heirate, bestelle ich meinen Brautstrauß auch dort.«

»Wie sieht es denn aus bei dir?«, fragte Lola jetzt natürlich.

»Eher schlecht. Ich komme übrigens gerade von einem Date. Mit einem Mann, der alles kann.« Sie verdreht die Augen.

»Oha!« Lola zeigte Mitgefühl. »So ein Date hatte ich auch damals.« Dann drehte sie sich zu Tom, der unterhielt sich jedoch angeregt mit seinem Nachbarn.

Lola rückte näher an Paula heran. »Ich erzähle es dir, nur Tom muss es nicht mitbekommen. Ich habe mich, allerdings ist das schon zwei Jahre her, mal bei einem Dating Portal angemeldet. Ich hatte tatsächlich fünf Dates, alle nicht unbedingt schlecht, es war aber nicht der Knaller dabei. Einer davon war so ein Angeber-Typ. Der hat mir mit den ersten Sätzen gleich reingedrückt, dass er einen Porsche vor der Tür stehen hat und mich damit nach Haus bringen will. Dann sollte ich den Wein trinken, den er ausgesucht hat. Die Pulle stand schon auf dem Tisch. Logisch, dass er erwähnte, welch guter und teurer Wein das sei. Also wollte er, dass ich dankbar war, kosten zu dürfen.« Sie zeigte einen Vogel. »Und am Essen hatte er auch was zu meckern. Kurzum, er konnte alles, er wusste alles, und das viel besser als sämtliche Experten dieser Welt zusammen.«

Paula grinste breit. »Hieß er Marek und war zudem ein Sportass?«

»Woher weißt du das?«, entgegnete Lola erstaunt.

»Den hatte ich heute Abend.« Paula brach in wildes Gelächter aus.

»Nee, ne?«

»Doch! Die Masche scheint aber nicht zu funktionieren, wenn er die seit zwei Jahren so abzieht.«

»Er sollte seinen Auftritt vielleicht etwas modifizieren«, kicherte Lola.

»Wer soll was modifizieren?« Tom legte die Hände auf Lolas Schultern und gab ihr einen Kuss auf die Haare.

»Ein Bekannter von Paula. Kennst du nicht.« Dann griff sie ihre Handtasche. »Ich gehe mal schnell zur Toilette. Bin gleich wieder da.« Sie verschwand im Gedränge.

Nun stand Paula bei Tom. Was sagen? Ihr fiel ein schönes Thema ein. »Was ist eigentlich im Winter mit deinem Eisladen? Hast du geschlossen oder lässt du durchgehend auf oder gibt es auch Publikum für Eis im Winter?«

Tom war nun völlig in seinem Element. »Ich habe geöffnet. Es gibt Kaffee und Kuchen und winterliche Eiskreationen.«

»Ah ... und welche?«

»Ich biete zum Beispiel Zimtparfait und Lebkucheneis und ich ...«

Jemand tippte Paula auf die Schulter. Sie drehte sich um.

♥ 22 ♥

Sprachlos und mit großen Augen starrte sie auf Lance.

»Du bist aber heute gut unterwegs«, der ironische Ton mit Blick auf Tom war deutlich.

Bevor sie jedoch überhaupt reagieren und etwas sagen konnte, war Lance schon im Gewühl verschwunden.

»Wer war das denn?«, fragte Tom. »Der war ja mies drauf.«

»Ist der immer«, winkte sie ab.

Warum musste Lola ausgerechnet jetzt zum Klo gehen beziehungsweise weshalb kam Lance zielgenau in diesem Moment vorbei und wieso eigentlich war er überhaupt hier? Murphys Gesetz hoch drei.

Ihr war die Lust vollkommen vergangen. Sie nahm ihr Glas zur Hand und sog es per Strohhalm leer. Als Lola kurz danach zurückkam, verabschiedete sie sich.

»So schnell? Du bist doch noch gar nicht lange hier«, meinte Lola überrascht.

Aber um nichts in der Welt wollte sie jetzt bleiben. Das war zu viel für sie. Zweimal Lance, und zweimal traf er sie mit einem anderen Mann an. Schlimmer und blöder ging nicht.

»Sorry, ich bin echt geschafft. Habt noch einen schönen Abend, ihr zwei.« Sie umarmte beide und verließ die Bar mit einem hässlichen Gefühl.

Es schneite wieder. Konnte das Wetter nicht warten, bis sie daheim war? Immerhin war sie abgelenkt, denn bei diesen Straßenverhältnissen sollte man eigentlich nicht mehr fahren. Jedenfalls sie. Aus Angst, ihr Wagen könnte ins Rutschen kommen, fuhr sie konzentriert, aber völlig verkrampft nach Hause. Sie war heilfroh, das Auto nach ihrer Zitterfahrt abstellen zu können.

Nun allerdings holte sie der Katzenjammer mit aller Wucht ein.

Tränen liefen ihr die Wangen herunter. Warum war Lance in ihren Augen nur so ungemein sexy? Er hatte sofort alle Männer im Raum ausgestochenen. In der *Sandbar* stand er ihr ja ganz nah, sie hatte den Impuls gefühlt, sich an seine breite Brust zu schmiegen. Nur davon war sie weiter entfernt denn je. Er dachte nun logischerweise, sie hätte zwei Männer an diesem Abend abgearbeitet.

Jetzt musste es etwas Hartes sein! Paula schüttete sich einen doppelten Whisky ein, trank ihn nahezu auf ex, zog sich aus, warf ihre Klamotten achtlos auf den Boden, machte eine Katzenwäsche im Bad und schlüpfte unter ihre Bettdecke. Mist alles!

Aber Lance ging es nicht besser.

Gerade war er daheim eingetroffen, nachdem er den Abend etwas abgekürzt hatte.

Es war schon kaum zu verkraften, dass Paula mit

einem anderen Mann in einem Restaurant saß, in dem er auch essen wollte. Das wäre gar nicht mehr gegangen! Womöglich zu allem Überfluss an einem Tisch mit Blick zu ihr! Deshalb hatte er seinem Kollegen verklickert, ihm sei es zu voll und der Geräuschpegel zu hoch. Er wüsste ein angenehmeres Lokal. Sie hatten sich dann allerdings dagegen entschieden und machten sich auf dem Weg in eine Cocktailbar. Und wen traf er dort? Paula. Wenn er mit jeder möglichen Person gerechnet hätte – mit ihr keinesfalls! Und unglaublich – der Kerl in ihrer Begleitung war ein anderer. Zwei Dates in einer Nacht? Hatte er sie doch falsch eingeschätzt? Seine Gedanken rotierten und kamen zu keinem zufriedenstellenden Ergebnis.

Sein Bruder hatte ihm dringend angeraten, sie anzurufen. Er hatte sich dagegen entschieden, weil er Paula zur Nachfeier bei Fenja und Valentin wiedersehen würde. Die Gelegenheit fand er besser. Es wäre deutlich lockerer und darauf baute er. So langsam mussten die beiden aber mit ihrer Hochzeits-Nachlese zu Potte kommen. Ungewöhnlich, dass Valentin etwas schob. Er war einer, der private und berufliche Dinge zeitnah abarbeitete.

Lance konnte nicht ahnen, dass die beiden es aufgrund der Krankheitsgeschichte von Ulrich von Sellbach und ihrer Hau-Ruck-Übernahme des Hotels auf unbestimmt verschoben hatten. Er nahm sich vor, Valentin darauf anzusprechen. Er wollte ihnen sowieso ein schönes Weihnachtsfest wünschen, das passte dann.

Und war er ehrlich, brauchte er die Zeit auch für sich. Die eigene Klarheit war wichtig, um Entscheidungen für die Zukunft überzeugt und mit aller Sicherheit treffen zu können. Da war er einen großen Schritt vorangekommen.

Am kommenden Morgen rief er bei Valentin an.

»Hast du Lust, heute Abend mit mir ein Bierchen zischen zu gehen?«

»Sorry, aber bis zum Jahresende geht gar nichts. Bei uns ist sozusagen Land unter.« Valentin erklärte die Situation.

»Das tut mir echt leid, alles Gute für deinen alten Herrn. Hoffentlich erholt er sich schnell wieder. Ich wollte mit dir eigentlich über eure Nachfeier sprechen beziehungsweise fragen, wie ihr plant.«

»Augenblicklich gar nicht, Lance. Wir sind schon höllisch dankbar, dass Yasmin uns tatkräftig unterstützt. Wir verschieben das in den Frühling oder den Frühsommer, wenn wir uns ein bisschen eingegroovt haben.«

»Verstehe. Wie sieht es denn Weihnachten bei euch aus?«

»Da sind wir voll im Einsatz. Das Hotel ist bis unter die Pfannen zu. Außerdem übernehme ich am zweiten Weihnachtstag für Fenja. Sie lädt doch ihre Freundinnen an diesem Tag immer zum Christmas-Brunch ein. Dieses Jahr wollte sie wegen der Arbeit verzichten. Aber ich weiß genau, wie sehr sie daran hängt.«

»Und Silvester?«

»Haben wir unseren Ball, für den wir diesmal allein verantwortlich zeichnen. Also zero Vergnügen, dafür massig Arbeitspensum. Bei den Vorbereitungen unterstützt uns Yasmin ebenfalls. Du, die hat es echt drauf. Magst du nicht doch noch kommen? Du weißt, wir haben immer ein paar Reservekarten.«

»Nein ...«, er überlegte einen Moment, »doch! Kann ich zwei Karten haben?«

»Klar. Ich lege sie an die Seite.«

»Ich würde sie glatt abholen, wenn du wenigstens Zeit auf einen Kaffee hättest?«

»Das kriege ich hin.«

»Jaaa«, jubelte Fenja ins Telefon, »Valentin gibt mir an diesem Morgen frei! Wir genießen also unseren üblichen Christmas-Brunch.«

»Oh toll!«, freute sich Paula, »wann soll ich da sein?«

»Halb elf.«

»Wie immer mit Sekt und so?«

»Logo.«

»Okay, dann komme ich mit Taxi.«

»Frag Yasmin. Sie wird mit ihrem Auto da sein. Und weil sie sowieso antialkoholisch unterwegs ist, nimmt sie dich sicher mit.«

»Sie kommt also?«

»Ja, ich habe gerade mit ihr gesprochen.«

»Und Melly?«

»Wird auch da sein, nur nicht ganz so lange.«

»Soll ich was mitbringen, dann brauchst du nicht alles allein machen, du hast schließlich genug Stress.«

«Das wäre natürlich super! Aber eigentlich lade ich ja ein ...« Das schlechte Gewissen Fenjas war nicht zu überhören.

»Das ist Quark! Wichtig ist, dass es uns allen gutgeht.«

»Dann nehme ich dein Angebot zu gerne an.«

»Ich mache uns Feta-Spinat-Röllchen.«

»Die mit dem knusprigen Filoteig drumherum?«

»Genau die.«

»Yammi!«

»Dann kann ich dir ja verraten«, gestand Fenja, »dass Yasmin auch etwas mitbringt. Nämlich ihre weltbesten Waffeln. Und Melly versorgt uns mit ein paar Sushi-Happen.«

»Sieh an! Warum hast du das nicht gleich gesagt?«

»Ich lade ein und bedränge dich, was mitzubringen? No way! Für wen hältst du mich denn?«

»Bin ich nun deine Freundin oder nicht oder weshalb traust du dich nicht zu fragen oder machen die anderen bessere Sachen oder will Valentin das nicht?«

»Auf saublöde Oder-Fragen antworte ich nicht!« Dann lachte Fenja los und nach einer kurzen Schrecksekunde stimmte Paula ein.

Nach dem Telefonat suchte Paula geschäftig das Rezept heraus. Spinat hatte sie vorrätig genauso wie Filoteig und Schafskäse, weil sich damit auf die Schnelle ein paar Köstlichkeiten zaubern ließen. Frischer Knoblauch befand sich allerdings nicht im Haus.

Wenn ich zusätzlich Frischkäse und Paprika kaufe, könnte ich zwei Sorten Röllchen herstellen. Sie notierte die Dinge auf einem Zettel und setzte noch Cremant dazu.

Wie schön, immerhin hatte sie an einem Weihnachtstag etwas zu tun, denn sie war das allererste Mal an den beiden anderen Tagen allein.

♥ 23 ♥

Yasmin war ein bisschen gestresst. Die Arbeit als Hotelchefin war aufwendiger und anstrengender als gedacht. Pünktlicher Feierabend? Geschichte! Und jeden Tag entdeckte sie knifflige Dinge, die sie nicht richtig verstand. Ihre Achtung für Carlotta von Sellbach, die eh schon vorhanden war, stieg ins Unermessliche. Was hatte diese Frau für ein Pensum abgeleistet!

Ständig stand Yasmin bei Valentin im Büro, der sich zudem immer öfter, bildlich gesprochen, am Kopf kratzte.

»Ich weiß es auch nicht, Yasmin«, gab er zu. »Schreib einfach alles auf, womit du nicht klarkommst und dann rufen wir meine Mutter an. Sie hatte jetzt ein paar Ruhetage mit meinem Vater, sie muss uns halt telefonisch Auskunft geben. Macht sie auch, keine Frage. Guck nicht so, in dieser Hinsicht ist sie unsere Bank.«

Yasmin schlich wieder ins Chefbüro zurück. Allerdings notierte sie nichts, sondern fotografierte mit dem Handy ab. So hatte sie gleich Nummern, Absender und was sie sonst noch so brauchte vor Augen, sollte sie mit Frau von Sellbach sprechen.

Sie hatte soeben einen Cappuccino bekommen und wollte einen wohlverdienten Schluck nehmen, als der Festapparat klingelte.

Mit einem Seufzer setzte sie die Tasse wieder ab und nahm das Gespräch an.

»Frau von Sellbach! Wie schön, dass Sie anrufen! Ich habe gerade an Sie gedacht. Wie geht es Ihrem Mann?«

»Es war die beste Idee, hierher zu reisen. Mein Mann erholt sich zusehends«, und dann lachte sie auf, »er genießt es, rund um die Uhr verwöhnt zu werden.«

»Wem gefällt das nicht?« In Yasmins Kopf kreiselten die Gedanken, wie jetzt auf das Thema Hilfe und Unterstützung kommen?

Aber die Sorge wurde ihr gleich genommen. »Ich habe mir gedacht, Sie haben bestimmt einige Fragen, Yasmin. So einfach ist das ja alles nicht.«

»Da haben Sie recht. Darf ich direkt loslegen?«

»Deshalb rufe ich an.«

Die nächste halbe Stunde entwickelte sich zu einem Arbeitsgespräch. Ein Problem nach dem anderen wurde gelöst, der Stapel der klärungsbedürftigen Unterlagen schmolz zusammen. Weitere Informationen notierte Yasmin und als sie das Gespräch beendeten, hätte sie vor Erleichterung durchs Büro hüpfen können.

Beide hatten vereinbart, jeden zweiten Tag um elf Uhr ein kurzes Telefonat zu führen, um eventuelle Fragen und Probleme zu beseitigen.

Nicht lange danach fuhr sie ein Lob von der ehemaligen Hotelchefin ein.

»Sie machen das ganz wunderbar, liebe Yasmin. Großartig, wie schnell Sie sich eingearbeitet haben – und es sind wirklich komplexe Gebiete.«

»Dankeschön!«

Hätte Frau von Sellbach sie sehen können, würde sie die Röte bemerken, die über Yasmins Wangen huschte.

Durch die nun wesentlich leichtere Arbeit kam Yasmin endlich wieder zu einem pünktlichen Feierabend und das sorgte dafür, dass sie in Weihnachtsvorbereitungen schwelgen konnte.

Aus der Stadt schleppte sie jede Menge Dekorationen nach Hause.

»Wo willst du das denn noch alles hinstellen?«, fragte Hannes skeptisch und betrachtete die Tüten, die Yasmin ins Haus hievte, mit Argwohn. »Wir haben doch reichlich von dem Weihnachtsgedöns.«

»Das ist kein Gedöns, Hannes! Es ist unser erstes gemeinsames Weihnachtsfest und ich möchte es uns gemütlich und kuschelig machen.«

»Hast du nicht gesagt, wir haben genügend Kugeln für den Christbaum?« Er betrachtete zwei Schachteln mit je sechs Kugeln.

»Das sind alte Teile, aber die hier«, sie öffnete einen Karton und hob ein Exemplar heraus, »glänzen besonders schön, wenn das Licht darauf fällt.«

»Und das Licht im Geschäft ist wie zufällig darauf gefallen, nehme ich an.«

»Natürlich, sonst hätte ich sie ja nicht gekauft.«

»Ach Yasmin, da bist du auf einen altbewährten Verkaufstrick reingefallen.«

»Bin ich nicht. Ich weiß durchaus, dass man mit Speck Mäuse fängt, aber sie glitzern tatsächlich toll, guck doch mal richtig!« Sie schaltete das Deckenlicht ein. »Und sie sind kostbar, weil aus Glas und nicht aus Plastik.«

Während sie das sagte, ging sie, die Augen auf die glänzende Kugel an ihrem ausgestreckten Arm geheftet, in die Küche – und stolperte über Smokey.

»Oh nein!« Aber es war schon zu spät. Der Kater sprang wild fauchend auf, da ihm nicht nur die Ruhe genommen wurde, sondern man ihm auch noch auf den Schwanz getreten hatte. Yasmin schrie ebenfalls erschreckt auf und ließ die neue Christbaumkugel fallen, die in abertausende kleine glitzernde Scherben zerbarst. »Mensch!« Einen kurzen Moment starrte sie auf den funkelnden Boden. »Scheiße.«

Smokey wollte aus der Küche entwischen, aber Yasmin griff blitzschnell und beherzt zu. »Hiergeblieben! Wenn du diese winzigen Splitter in den Pfoten hast, darfst du die Nacht in der Tierklinik verbringen.« Sie drehte sich um und brüllte »Hannes!«

»Schrei doch nicht so!« Hannes stand direkt hinter ihr. »Halt den Kater, ich hole den Staubsauger. Sehr sorgfältig saugte er jeden Millimeter des Bodens ab. »Dass du auch immer so einen Terror machen musst, wenn du nach Hause kommst!«

»Das ist aber jetzt total ungerecht! Ich mache alles, um uns ein gemütliches Heim zu schaffen und du ...«

Hannes stellte den Staubsauger an die Seite und nahm sie in den Arm. »Wir haben nun elf schöne Glitzerkugeln.«

»Und die Zwölfte ist tot.«

»Es können nicht immer alle Kugeln überleben«,

grinste Hannes.

»Wie kalt du sein kannst!«

»Ich verstehe dich jetzt nicht, *du* hast sie doch umgebracht.«

Yasmin schüttelte nur den Kopf und winkte genervt stumm ab.

Zwei Stunden und ein Abendessen später hatte sie den Verlust der glitzernden Weihnachtskugel verschmerzt und begann, die Fensterbänke zu dekorieren.

Hannes zollte ihr innerlich Respekt, es sah wirklich einladend und gemütlich aus. Laut sagte er jedoch nur: »Machst du ganz nett, Herzchen.« Nur nicht zu viel loben, nachher spornte sie das noch an und sie schleppte weitere Deko ran. Das galt es unbedingt zu vermeiden.

»Sag sofort, dass es unerreicht schön ist!«

»Unerreicht schön bist nur du.«

»Ha! Du Schleimbeutelchen! Gib zu, du willst nur, dass ich mich auf der Stelle ausziehe.«

»Sehr gute Idee. Leg los!«

Paula dekorierte ebenfalls weihnachtlich, aber nicht mit dem gleichen Esprit wie ihre Freundin. Es kam ja keiner.

Und sie war das allererste Mal an zwei Weihnachtstagen ganz allein.

Natürlich hätte sie zu ihren Eltern fahren können, doch sie hatte ihnen abgesagt. »Ich feier dieses Jahr mit Freunden«, begründete sie die Absage.

»Das ist schade, aber wir verstehen das«, hatte ihre Mutter geantwortet. »Du kannst es dir immer noch überlegen, du weißt, unsere Tür steht dir zu jeder Zeit offen.«

»Danke, Mama«, dann bekam ihre Mutter ein Küsschen auf die Wange.

Melly hatte besorgt gefragt: »Wie verbringst du Weihnachten?«

»Bei meinen Eltern«, log sie.

Und Fenja hatte angeboten: »Komm ruhig Heiligabend vorbei. Wir sind ja im Hotel, aber wir machen es uns mit den Gästen am Kamin gemütlich, jedenfalls in diesem Jahr des Umbruchs. Es gibt ein Sieben-Gänge-Menü. Dann hast du auch Unterhaltung und lecker satt wirst du ebenfalls.«

»Danke, das ist lieb, ich bin bei meinen Eltern.«

Tatsache war, dass sie einfach nicht in der Lage war, an Heiligabend eine fröhliche Miene aufzusetzen.

Ihre Freundinnen hatten ihre große Liebe gefunden. Sie war allein. Warum das augenblicklich so schmerzte, dass sie die Einsamkeit suchte – sie wusste es selbst nicht.

Als sie drei Porzellan-Tannenbäumchen auf die Fensterbank stellte, schien es fast, als würden ihr die dicken Schneeflocken von draußen zuwinken. Eine von ihnen glitzerte besonders hell. Ein gutes Omen?

♥ 24 ♥

Yasmin sang unter der Dusche. Es war Heiligabend, dieser besondere Tag, auf den sie so lange hingefiebert hatte. Alles im Haus war hübsch dekoriert, der Weihnachtsbaum strahlte in all seiner Pracht.

Zum Frühstück zündete sie Kerzen an und deckte mit ihrem neu erworbenen Wintergeschirr ein. Sie presste frischen Orangensaft und bereitete Rührei mit Speck zu, so wie Hannes es liebte.

Sie selbst war so geschminkt, als wolle sie ausgehen. Heute war der Tag, ihr Tag. Die Aufregung hatte sie bis in die Haarspitzen im Griff.

Yasmin war sicher, am heutigen Heiligabend einen Heiratsantrag zu bekommen.

Fenja war eine Spur ruhiger. Sie hatten zwar einen anstrengenden Tag vor sich, aber auch einen festlichen. Der Saal war am Abend bereits weihnachtlich eingedeckt worden, leise Musik würde das Menü untermalen und die großen Weihnachtsbäume zauberten zusätzlich Atmosphäre.

Die vergangenen Wochen ließen sich fast als dornenvoll bezeichnen, jetzt allerdings hatte sich die Lage gewandelt. Yasmin war die Rettung und Stütze schlechthin und ihre Schwiegermutter erstaunte sie. Carlotta, die sonst immer alles wissen musste und auch alles spitz bekam, war mit ihrer neuen Rolle zufrieden.

»Ich bin irgendwie angekommen«, hatte sie Fenja gegenüber versichert, und man glaubte es ihr. Erstaunlich, hatten doch Valentin und sie schlimmste Befürchtungen gehegt, sie käme mit dem gezwungenen Ruhestand gar nicht klar. Das Gegenteil war der Fall.

Als pflichtbewusste Tochter rief sie dann bei ihrer Mutter an. Leider war die weniger entspannt. »Ich bin bei Bernd vorbeigefahren, wollte ihm ein Weihnachtsgeschenk bringen. Schließlich bin ich offiziell noch seine Frau.«

»Mama, Bernd ...«

»Ich bin immerhin seine Frau! Da beißt die Maus keinen Faden ab. Aber er hat nicht einmal geöffnet.«

»Ich wollte dir sagen ...«

»Du verstehst das nicht, Fenja, dafür hast du einfach nicht genügend Lebenserfahrung. Manchmal müssen sich Erwachsene trennen, um hinterher festzustellen ...«

Jetzt unterbrach Fenja ihre Mutter. Und dies ganz energisch.

»Mama, halt die Luft an, bitte! Lass mich ausreden. Bernd wohnt gar nicht mehr dort.«

»Und warum steht sein Name noch an der Klingel?«

»Das kann ich dir nicht sagen. Vielleicht ist bisher kein neuer Mieter eingezogen und die Hausgesellschaft hat deshalb das Türschild noch nicht ausgetauscht oder entfernt. Keine Ahnung!«

Am anderen Ende der Leitung herrschte Totenstille. Fenja glaubte, einen leisen Schluchzer gehört zu haben. Da tat ihr ihre Mutter schon wieder leid.

»Mama, es ist vorbei. Möchtest du zu uns kommen?« Aber innerlich hoffte sie inständig, dass sie ablehnte. Und das tat sie auch.

»Nein, lass mal. Ich wäre keine gute Gesellschaft. Ich fahre zu Evi, das war so vereinbart. Sie ist ebenfalls frisch getrennt. Das passt besser.«

Sichtlich erleichtert nahm Fenja zur Kenntnis, dass ihre Mutter einen Rest Vernunft behalten hatte.

Melly war deutlich relaxter als ihre beiden Freundinnen. In ihrem kurzen, seidigen Spitzennegligé bereitete sie in aller Ruhe ein gemütliches Frühstück für Taro und sich vor. Danach ging es wieder ins Restaurant.

Sie hatten gemeinsam ein Weihnachtsmenü in mehreren Gängen kreiert, dazu bekam jeder Gast noch ein nettes Weihnachtsgeschenk. Zu Hause hatten sie Sesamkekse und Matcha-Schneebällchen gebacken und in kleine Spitztüten abgefüllt, mit Kordel und einem Weihnachtsanhänger versehen. Damit diese nur nicht vergessen wurden, standen sie schon in einer Kiste neben der Tür.

Taro kam soeben, eingehüllt in seinen Bademantel, aus dem Bad und zu ihr in die Küche. »Es duftet gut, was machst du?«

»Ich rühre uns schnell einen Quark mit Apfelstückchen und Zimt an.«

»Schön. Bekomme ich noch Walnüsse drauf?«

»Aber sicher.«

Während sie den roten Apfel in kleine Stückchen schnitt, umarmte er Melly von hinten. »Du duftest gut«, raunte er ihr ins Ohr.

»Ist das Parfüm, dass ich seinerzeit von dir in Japan geschenkt bekommen habe.«

»Davon hast du noch?«

»Eine fast volle Flasche. Ich konnte es nicht mehr nehmen, als wir uns getrennt haben.«

»Jetzt bleiben wir für immer zusammen.«

Melly drehte sich zu ihm um und schmiegte sich an ihn. »Jaaa.«

»Du bist davon überzeugt?« Er hob ihr Kinn an und sah ihr liebevoll mitten ins Herz, so jedenfalls fühlte Melly. Sie versank in seinen mandelförmigen Augen.

»Und wie! Seitdem du hier bist, ist meine Welt rosa, rund, ausgefüllt und das Leben lächelt mir zu.«

Er strich ihr zärtlich über die Wange, währenddessen nestelte er etwas unkoordiniert an der Morgenmanteltasche.

»Was machst du denn da?«, fragte sie irritiert.

»Lass mich mal kurz los«, bat er.

Und dann ging alles ganz schnell. Taro zog etwas hervor und kniete sich vor Melly. Vorsichtig öffnete er ein hübsches Kästchen, das er jetzt in den Händen hielt. Zum Vorschein kam ein funkelnder Ring.

»Möchtest du mich heiraten, Melly?«

Melly war derart überrascht, dass sie völlig starr dastand. Eine herrlich angenehme Gänsehaut bildete sich.

Taro sah sie unverwandt an. Seine Augen waren pure Liebe. Melly wollte antworten, aber der Kloß in ihrem Hals hinderte sie. Ein Glückskloß!

»Melly«, bat Taro drängend, »wenn du jetzt nichts

sagst, ist mein Knie kaputt und ich falle zudem in eine tiefe Depression.«

Da brach es aus ihr heraus. »Ja, jaaa, oh jaaa!« Stürmisch fiel sie ihm um den Hals, was ihn das Gleichgewicht verlieren ließ und gemeinsam landeten sie auf dem harten Fliesenboden.

»Au Mensch«, jammerte Taro, »ich wusste gar nicht, dass Heiratsanträge so schmerzhaft sein können. Oder ich habe etwas falsch gemacht?«

»Hast du nicht!« Schon war Melly wieder auf den Beinen. Ihr Blick fiel begehrlich auf den wunderschönen Ring mit dem funkelnden Diamanten.

Auch Taro rappelte sich auf und steckte ihr den Ring an den Finger, zog sie an sich und küsste sie leidenschaftlich. »Ich liebe dich«, flüsterte er in ihr Ohr.

»Und ich dich erst!«

»Leider bleibt uns keine Zeit, unsere Liebe jetzt zu zelebrieren«, bedauerte Taro, »aber ich wollte, dass du an diesem Heiligabend schon am frühen Morgen vollständig glücklich bist.«

»Treffer!«

Yasmin und Hannes gönnten sich kurz vor Beginn der Dämmerung einen Winterspaziergang.

»Wie schön die Wiesen mit dem glitzernden Schnee aussehen" Als würden sie abertausende Diamanten bedecken«, freute sich Yasmin, tief eingemummelt in ihre Winterjacke.

»Es wirkt so rein, so friedlich, ich genieße das heute und morgen. Wer weiß, was ich übermorgen auf Streife wieder alles erlebe, wenn sich die Gefrusteten oder Besoffenen zu Weihnachten die Köpfe einschlagen.«

»Das wird sich nie ändern. Aber jetzt lass uns einfach nur die nächsten beiden Tage in Ruhe und schön verbringen.«

»Da sagst du was. Morgen mit Familie ist alles andere als ruhig.«

»Komm, gehen wir heim.«

Sie wanderten die Straße entlang und schauten dabei in die weihnachtlich beleuchteten Fenster der Nachbarn. Gestern hatten sie den Zwillingen der Carlyles eine Kleinigkeit gebracht. Sie mochten die beiden von Herzen gern.

Wieder daheim, vertrieb der Glühwein die Kälte, die sich doch durch ihre Kleidung geschlichen hatte, und die Bescherung fand statt.

Yasmin hibbelte vor Aufregung hin und her.

»Was bist du so nervös?«, fragte Hannes.

»War ich als Kind schon«, antwortete Yasmin etwas ausweichend.

Sie scannte die Geschenke ab, die links unter dem Baum auf sie warteten. Ja, es lag ein kleines Kästchen dabei! Aber das Hochgefühl würde sie bis zum Schluss aufbewahren, erst einmal packte sie alle anderen Präsente auf.

Die Freude war auf beiden Seiten groß. Dann griff Yasmin zu dem letzten Päckchen mit der wunderschönen, goldglitzernden Schleife. Mit zitternden Händen wickelte sie es aus. Zum Vorschein kam eine hübsche Samtschatulle.

Sie atmete flach und hob den Deckel mit einem erwartungsvollen Lächeln hoch.

♥ 25 ♥

Das Gefühl, das sie beim Anblick des Schmucks überwältigte, würde sie nie mehr vergessen.

Die Enttäuschung überschwemmte sie wie eine Monsterwelle. Kein Ring, sondern gleich zwei – Ohrringe. Ihr Lächeln fror ein.

»Was ist, mein Herz? Gefallen sie dir nicht? Ich habe gedacht, die passen wundervoll zu deinen schönen Augen.« Hannes sah sie irritiert an.

Oh – mein – Gott! Wie konnte sie sich nur so vertun?

»Hey, was ist los?«

Tränen stiegen in ihr auf. Unterdrücken war unmöglich. So hielt sie sich abrupt eine Hand vors Auge und stellte schnell das Kästchen ab.

»Entschuldige, ich habe da was im Auge, das beißt schrecklich.«

»Oje, das tut mir leid. Komm, lass mich mal schauen.« Hannes wollte ihre Hand wegnehmen, aber schon stand Yasmin auf und hastete ins Badezimmer. »Nein, ich muss das selbst rausfriemeln.« Diese Worte konnte sie gerade noch so rausbringen, dann versagte ihre Stimme.

Sie verschloss die Tür hinter sich, hielt sich die Hände vors Gesicht und weinte so lautlos wie möglich.

Sie hatte alle Anzeichen falsch gewertet. Nach wenigen Monaten Beziehung machte er ihr also noch keinen Heiratsantrag. Fehlinterpretation war das klassische Wort dafür. Er hatte wohl ständig von der Zukunft *irgendwann* gesprochen. Das kommt davon, wenn man zu viel erwartet, dann kann man zwar gedanklich sehr hoch fliegen, allerdings in der Realität schön tief fallen. Sie atmete schnell. Reiß dich zusammen, geh da raus und feier Weihnachten mit deinem Freund, der dich liebt, aber eben nicht so schnell heiraten möchte. Das ist schließlich in Ordnung, es ist in Ordnung, es ist in Ordnung. Dieses Mantra sprach sie stumm vor sich hin.

Da klopfte es an die Badezimmertür. »Yasmin, was ist los?«

Sie straffte sich und öffnete die Tür.

»Wie siehst du denn aus?« Hannes hatte das Entsetzen im Gesicht.

»Es hat so gebrannt und tat höllisch weh.« Das war nicht gelogen, nur meinte sie nicht ihr Auge, sondern ihr Herz, aber das konnte er ja nicht wissen.

»Komm mal her, Süße«, er zog sie an sich und strich ihr tröstend über das Haar.

Yasmin umarmte Hannes fest, nahm alle ihre Kraft zusammen und sagte: »Und jetzt probiere ich die wunderschönen Ohrringe.«

Fenja indes war mit dem Ablauf des Heiligabends rundum zufrieden.

Festlich gekleidete Gäste erfreuten sich an dem mit Kerzen ausgeleuchteten Weihnachtssaal, Valentin hatte die Gästeschar begrüßt und der Gospelchor des Ortes sang Weihnachtslieder, in welche die Anwesenden fröhlich einstimmten.

Das anschließende Menü war ein voller Erfolg.

Auch im japanischen Bereich lief alles rund. Das von Taro und Melly kreierte Weihnachtsmenü kam bei den Japanfans genauso gut an wie das kleine kulinarische Geschenk.

Kurz bevor der Nachtisch serviert wurde, erkundigte sich der Koch bei seinen Gästen, ob sie auch zufrieden seien. Sternekoch Taro Yamada zog alle Blicke auf sich. Das war von Melly geplant. »Machen wir uns nichts vor, Taro, Deutsche, die in einem japanischen Restaurant essen, möchten natürlich gern einen Japaner sehen. Und deshalb gehst du raus. Ich kümmere mich um das Dessert.«

Taro schritt von Tisch zu Tisch, bis eine junge Frau fragte, ob und wie denn in Japan Weihnachten gefeiert werde.

»Weihnachten – auf japanisch Kurisumasu – wird auch gefeiert, aber anders. Es ist ...«

Er wurde von weiteren interessierten Gästen unterbrochen, ob er nicht lauter sprechen könne. Somit stellte sich Taro mitten ins Restaurant und begann zu erzählen.

»Die meisten Japaner sind Buddhisten, deshalb sind die Weihnachtsbräuche naturgemäß anders. In Japan ist Weihnachten eigentlich ein Fest für Paare. Junge Leute verbringen die Zeit unter sich. Singles versuchen, für diesen Tag ein Date zu ergattern, wer keins bekommt, ist am Boden zerstört, denn überall in den ausgebuchten Restaurants tummeln sich verliebte Paare.«

»Das wäre also bei uns mit dem Valentinstag gleichzusetzen«, kommentierte eine ältere Dame.

»Genauso ist es. Das Fest der Liebe im wahrsten Sinne des Wortes. Man verbringt die Zeit romantisch, geht aus essen, macht einen Spaziergang durch die weihnachtlichen Lichtermeere der Straßen oder verschwindet in einem Hotel.« Taro zwinkerte mit den Augen und man erkannte eine sympathische Mischung aus Verständnis und Verlegenheit.

Die Gäste lachten auf.

»In Japan leben die Menschen auf engem Raum zusammen und viele nicht verheiratete deshalb noch bei ihren Eltern, sodass es eine Privatsphäre in diesem Sinne nicht gibt. Man kann natürlich auch auf eine der rauschenden, lichtvollen Partys gehen in der Hoffnung, einen Partner kennenzulernen. Wird man Weihnachten um ein Date gebeten, kommen feste Absichten ins Spiel.«

Melly hörte ihren Taro sprechen und lehnte sich kurz an den Türrahmen. Ihr Herz floss vor Liebe über. Die Art seiner Gestik in Kombination mit seiner melodischen Stimme faszinierten sie nach wie vor. Und dieser Mann hatte ihr einen Heiratsantrag an Heiligabend gemacht! Schöner ging nicht mehr!

»Geschäfte und Straßen sind beleuchtet, was das Zeug hält«, fuhr Taro fort. »Es ist ein Lichterfest. Und natürlich schwappen in unserer multikulturellen, vernetzten Welt Bräuche von einem Land ins andere. Wir haben in Japan mittlerweile Weihnachtsmärkte und auch Geschenke, meistens bei Familien mit Kindern, setzen sich langsam durch. Inzwischen stehen in Privathaushalten sogar Weihnachtsbäume, aber keine echten, sondern ihre Kollegen aus Plastik.«

»Was sind denn die typischen Weihnachtsgerichte?«, wurde Taro neugierig gefragt.

»Die kennen wir, wie sie hier in Deutschland charakteristisch sind, gar nicht. Hühnchen ist sehr beliebt.« Man sah, dass er überlegte. »Ah … doch! Es gibt einen Kuchen, für den die Geschäfte gestürmt werden. Es ist eine Torte, bestehend aus Biskuit mit Sahne und Erdbeeren.«

Die Gäste hingen an seinen Lippen. Taro erzählte dann noch von seiner Heimatstadt Kyoto und beendete seinen kleinen Vortrag mit besten Weihnachtswünschen für alle.

»Bei uns in Japan sagt man Meri Kurisumasu – fröhliche Weihnachten. Hört sich ziemlich lustig an und ist tatsächlich auch aus dem Amerikanischen übernommen und angelehnt. Merry Christmas.«

Er drehte sich Richtung Küche und rief: »Melly, kommst du bitte?«

Melly gesellte sich lächelnd zu ihm.

»Wir zwei«, setzte Taro fort, »sind ein wunderbares Team. Wir waren es in Japan schon und sind es hier ebenfalls. Wir lieben es, für Sie zu kochen und neue Gerichte aus den japanischen Traditionen heraus zu kreieren. Deshalb hoffen wir, es hat Ihnen geschmeckt und wird Ihnen noch schmecken. Das Dessert wartet bereits ungeduldig in der Küche und daher höre ich jetzt auch auf. Meri Kurisumasu« und hier flocht Melly den deutschen Weihnachtsgruß »Fröhliche Weihnachten« ein.

Später verließen begeisterte Gäste das Restaurant. Melly hörte, wie sich zwei Personen unterhielten. »Das war ein gelungener Abend, danke, dass du mich dazu überredet hast. Ich hatte ja erst gar keine Lust auf japanisches Essen.«

Aha, also war nicht jeder ganz freiwillig hier gewesen, aber umso schöner, wenn sie überzeugt hatten.

Während Fenja und Melly ihre Erfolge feierten und bester Laune waren, stand Paula einsam am Fenster ihrer Wohnung und schaute hinaus.

Im Licht der Straßenlaternen rieselten die weißen Flocken zur Erde und bildeten mittlerweile eine gut fünf Zentimeter dicke Schicht, unberührt und glitzernd. Die sonst so belebte Straße war ruhig, kein Mensch, kein Auto mehr zu sehen. In ihren Räumen herrschte Stille.

Zuerst hatte sie noch Weihnachtsmusik im Radio gehört. Das Übliche, ein Medley von deutschen und englischen Weihnachtsliedern, von modern bis traditionell. Dann schmerzte es so, keine Gesellschaft zu haben, dass sie auch die Songs nicht länger ertrug.

Selbst schuld, schalt sie sich, du hättest einige Möglichkeiten gehabt, fröhlich zu feiern. Jeden hast du beschummelt. Natürlich hatte sie ihre Lieblingsmenschen am Nachmittag launig angerufen und in dem Glauben gelassen, sie feiere mit Familie oder mit Freunden, je nachdem, wen sie gerade am Rohr hatte.

Eine Weihnachtsfreude hatte sie allerdings gehabt. Jonas, ihr nicht prickelndes Date, hatte ihr per WhatsApp ein schönes und gesegnetes Weihnachtsfest und einen guten Rutsch gewünscht, in der Hoffnung, sich im neuen Jahr mal auf ein freundschaftliches Bierchen zu treffen oder vielleicht auch auf einen Kinobesuch, wenn sie beide noch Single seien.

Trotzdem liefen nun Tränen langsam ihre Wangen hinunter. Mit der Zunge leckte sie eine ab. Salzig. Ich bin einsam und allein, stellte sie mit Bedauern fest. Es tat weh.

Dann sah sie doch noch ein menschliches Wesen. Ein Mann führte seinen Hund spazieren. Der kleine Wuffel tapste mit sichtlichem Spaß durch den Schnee. Die beiden hatten wenigstens sich. Zwei Spuren blieben zurück. Tja, zwei ...

♥ 26 ♥

Nun war es mit dem letzten Rest an innerer Ruhe für Paula vorbei. Sie schlich bedröppelt ins Bad, stellte sich unter die Dusche und ließ heißes Wasser den Rücken hinabperlen. Das tat wenigstens gut. Das Duschgel, das sich Cinnamon nannte, verdiente seinen Namen zu Recht. Es roch angenehm weihnachtlich nach Zimt.

Ah nein! Da war es wieder, das Wort Weihnachten – in diesem Jahr für sie nur negativ in Form von Einsamkeit besetzt.

Sie trocknete sich ab, schlüpfte in ihr Bigshirt und schleppte sich ins Bett. Jetzt nur noch schlafen!

Am ersten Weihnachtstag schlief sie lange, stand dann auf, wechselte gar nicht zu normaler Kleidung, sondern bummelte den Tag im Schlafshirt herum. Drei Kaffee verschwanden in Kürze in ihrem Magen, Hunger hingegen verspürte sie nicht.

Am Nachmittag zuckte es ihr in den Fingern. Am liebsten hätte sie ihre Filoteigröllchen schon vorbereitet, aber die mussten ganz frisch und kross sein.

Dafür würde sie morgen eben eher aufstehen. Den Rest des Tages vergammelte sie vor dem Fernseher und als sie abends wieder von der Couch aus ins Bett fiel, hatte sie viereckige Augen.

Am kommenden Morgen war das Weihnachtselend vorbei. Mit Lust und Freude bereitete sie ihre Röllchen vor. Ein appetitlicher Duft von Feta, Zwiebeln, Knoblauch und Spinat waberte durch ihre Küche und sie musste sich zusammenreißen, nicht ständig einen Probierlöffel davon in den Mund zu stecken. Auch die Frischkäsecreme mit Paprika und Kräutern war schön würzig geworden.

Während der Filoteig im Ofen seiner Bestimmung nach vor sich hin garte, stylte sie sich. So konnte sie die Röllchen ofenfrisch mitnehmen.

Da sie nun gut drauf war, wanderten ihre Gedanken zum Mondschein-Date, das sie einen Tag vor Silvester vereinbart hatte. Vielleicht würde sie nicht allein in das neue Jahr starten, sondern mit der Hoffnung auf dauerhafte Zweisamkeit.

Sie sah Yasmin vorfahren. Perfektes Timing! In diesem Augenblick meldete nämlich ihr Ofen die Beendigung seiner Feiertagsarbeit.

»Fröhliche Weihnachten nochmals«, rief Yasmin schon gutgelaunt, kaum hatte sie die Autotür offen.

»Komm erst einmal rein, ich packe gerade zusammen.« Paula winkte Yasmin heran.

Die schnupperte. »Mmh ... was duftet das hier gut!« Sie lief durch in die Küche und schaute in den Ofen. »Die müssen raus!«

»Ich musste doch erst dich reinlassen, sonst wärst du draußen festgefroren.«

Yasmin kicherte. »Es ist wirklich lausig. Gib mir

mal Topflappen!« Und damit nahm sie die beiden Bleche aus dem Ofen.

Gemeinsam machten sie die würzige Fracht reisefertig und brachten sie zu Yasmins Auto, das durchaus mit Düften konkurrieren konnte.

»Aaah ...«, Paula schloss genüsslich die Augen. »Bei dir duftet es aber genauso gut.«

»Danke. Meine Waffeln sind das. Mit Quark, Vanille und Mineralwasser werden die gemacht, dann sind sie schön fluffig.«

»Sind wir nicht heiße Frauen? Wir sehen nicht nur klasse und unwiderstehlich aus, wir können auch noch zaubern!« Über ihren Spruch musste Paula selbst lachen. »Tolle Ohrringe hast du übrigens.«

»Ja? Dankeschön!« Yasmin strahlte. »Das Weihnachtsgeschenk von Hannes.«

»Für so eine kleine Elster wie dich genau das richtige Präsent«, grinste Paula.

»Ja und? Ich liebe glitzernden Schmuck eben.«

Bei Fenja angekommen, brachten sie ihre Gerichte in die Küche.

»Das sieht sooo lecker aus!«, jubelte Fenja. »Ihr glaubt gar nicht, wie gut mir das tut, dass ich diesmal nicht für alles allein sorgen musste.«

»Wir können das einführen. Mir hat das total Spaß gebracht.« Yasmin betrachtete den schön eingedeckten Tisch.

»Mir echt auch!«, stimmte Paula sofort zu.

»Von mir aus gern. Location immer hier. Food von Freundinnen. Mal sehen, was Melly dazu sagt.«

»Wann kommt sie?«, fragte Paula.

»Ich denke, jeden Augenblick. Sie bringt natürlich einige japanische Happen mit. Gestern haben wir noch kurz telefoniert. Taro hat es sich nicht nehmen lassen, die für uns zu fertigen.«

Es klingelte Sturm.

»Unser kleiner japanischer Blitz«, grinste Fenja und sprintete zur Tür.

Yasmin und Paula hörten Melly von draußen brüllen: »Fröhliche Weihnacht, meri kurisumasu, feliz navidad, joyeux noel, buon natale, god Jul, merry christmas everyone!«

Mit einem Lächeln kommentierte Yasmin diese Vielsprachigkeit. »Wenn ich das sagen würde, bekäme ich von Hannes den Spruch: Du bist wieder ganz schön ausländisch unterwegs.«

Die Freundinnen umarmten sich herzlich, um danach Taros Köstlichkeiten zu bewundern.

»Da sieht man das Sternchen«, kommentierte Paula, »das sind ja kleine Wunderwerke. Viel zu schade zum Essen.«

»Eigentlich muss man nur mit Liebe kochen«, meinte Melly, »dann gelingt auch was Leckeres und Schönes. Und glaubt mal, bei uns Sterneköchen läuft genauso das eine oder andere schief. Yasmin ist doch das beste Beispiel, das man kein Profi sein muss. Was hat sie toll für Fenja zur Bridal Shower gebacken!«

Yasmin errötete. »Da steckte mein ganzes freundschaftliches Herzblut drin.«

»Bestätigt also meine These: Mit Liebe kochen und backen.«

»Du tust das ja gleich doppelt, deshalb bist du so gut. Du brutzelst mit Leidenschaft *und* mit Taro.«

»Stimmt«, kicherte Melly. »Und das wahrscheinlich ein Leben lang.«

Sofort waren die sechs Augen der Freundinnen

auf sie gerichtet.

»Wie jetzt?« Paula war natürlich wieder die Erste. »War das nur bedeutungsschwanger rausgehauen oder hast du einen Heiratsantrag bekommen oder hat dich die Liebe zur Küche inspiriert oder was?«

»Paulaaa!«, rief Yasmin. »Lass die blöde Oderei!«

»Man kann doch mal fragen oder ist das auf einmal nicht mehr erlaubt?«

Melly bereitete dem Geplänkel ein Ende. »Ich werde tatsächlich meinen Taro heiraten!« Sie hielt den Freundinnen ihre Hand mit dem glitzernden Ring entgegen.

Schon quietschten Paula und Fenja durcheinander los.

Yasmin hingegen erlebte wie ein Schmerzblitz ihr ganz persönliches Waterloo. Melly hatte einen Heiratsantrag bekommen – sie nicht!

Paula knuffte sie in die Seite. »Hey Yasmin, hast du das überhaupt mitbekommen? Unsere Melly wird die Nächste sein, die in den Hafen der Ehe einläuft.«

So gut sie konnte, fing sich Yasmin. »Lustig, nicht? Ich war gedanklich schon dabei, die Bridal Shower zu organisieren! Lass dich drücken, Melly!« Sie umarmte ihre Freundin herzlich.

»Wann ist es denn so weit?«, fragte Fenja mit Neugier. »Und möchtest du in unserem Hotel heiraten? Dann hast du mit Yasmin bestimmt die weltbeste Wedding-Planerin.«

»Mädels, über ein festes Datum haben wir noch gar nicht gesprochen. Aber es soll innerhalb der nächsten sechs Monate sein. Einen günstigen Zeitpunkt gibt es nämlich nicht. Wir wissen nicht, wie es mit dem Restaurant weitergehen wird. Läuft es gut, ist die Zeit ungünstig, läuft es nicht gut, ebenfalls. Also ist es egal. Flitterwochen wird es wohl nur kurze geben, in den nächsten Jahren können wir uns wenig Auszeit gönnen, es sei denn, wir hätten einen Vertretungskoch – und das wird schwierig.

»Ach du Schreck!«, entfuhr es Paula, sie erkannte durchaus die Crux an der Restaurantgeschichte.

»Ich mache mir da gar nicht so viele Sorgen«, winkte Melly ab. »Es kommt eh immer anders, als man plant. Zur Not schließen wir das Restaurant für eine Woche.« Wieder geriet sie ins Schwärmen. »Ich liebe den Monat April. Da würde ich gerne heiraten, hab ich mir so auf der Fahrt hierher gedacht. Am 21. April hatte mein Großvater Geburtstag. Der Tag wäre mir wichtig. Mit Taro habe ich aber noch nicht darüber gesprochen.«

Sofort hatte Fenja ihr Handy zur Hand. »Da sieht es mit der Saalbuchung gut aus. Ich blocke das einfach mal.«

»Mit Taro hast du einen echten Schatz abgefischt. Ich freue mich total für dich, dass du dein Happy End bekommen hast.« Yasmin lächelte sie an.

Paula seufzte auf. »Jetzt brauche nur noch ich mein Happy End.«

Yasmin schüttelte den Kopf mit Unverständnis. »Dann arbeite doch dran. Vom Nichtstun passiert nämlich nix!«

Irritiert sah Paula ihre Freundin an. »Aber das tue ich ja! Einige, wenn auch erfolglose Dates habe ich hinter mir. Oder wie meinst du das?«

♥ 27 ♥

»Du kannst noch so viele Dates oder Blind Dates aneinanderreihen, Lance schwebt doch über allem. Da er nicht in die Pötte kommt, mach du es. Ruf ihn an, lad ihn ein und dann geht die Luzie ab. Fertig. Und wenn nicht, weißt du wenigstens, woran du bist. So einfach ist das. Aber dauernd dieses fruchtlose Abwarten – mach dem Mist ein Ende!«

Paula saß da wie ein begossener Pudel. Sie sagte nichts.

Fenja äußerte sich nun ebenfalls. »Eigentlich hat Yasmin recht.«

»Finde ich auch«, gab nun Melly ihren Senf dazu.

»Ihr habt gut reden!« Paula brauste jedoch nicht auf wie sonst, sondern verinnerlichte das soeben von Yasmin Gesagte. »Irgendwie kommt man nicht an ihn ran, und wenn, ist das eine Momentaufnahme. Man kann gar nicht so schnell gucken, wie er sich wieder zurückzieht. Es gelingt einfach nicht, ihn zu greifen. Oder es liegt an mir, ich bin ihm vielleicht nicht attraktiv genug.«

»Das ist doch völliger Quatsch. Dass er dich mag,

ist offensichtlich.«

»Das lässt er leider nicht raushängen. Ich habe aufgegeben. Fertig. Und außerdem: Ich habe ein Mondschein-Date diese Woche.«

»Ich rate dir dringend, ruf Lance vorher an.« Yasmin hielt sich einen imaginären Telefonhörer ans Ohr. »Ein Date mit einem Unbekannten kann man nämlich locker canceln. Vielleicht bekommst du sogar eins mit Lance.«

»Lasst mich einfach mit Lance in Ruhe, ich habe den gerade eben überstanden und neues Gefühlschaos mit dem will ich nicht. Das hat mir gereicht«, schimpfte Paula und lenkte wieder auf Melly und ihre Nachricht des Tages. »Werdet ihr denn in Japan noch einmal heiraten oder hier japanische Traditionen einbauen oder heiratet ihr nur deutsch? Fenja, bestell schon mal zwei Fässer Sake!«

Melly lachte laut auf. »So viele sind wir gar nicht. Unsere Hochzeitszeremonie wird deutsch sein. Yasmin, bitte organisiere für mich die Bridal Shower. Such irgendwas Verrücktes aus. Und geht ihr mit mein Brautkleid kaufen? Anfang Januar haben wir das Restaurant drei Tage lang geschlossen, ich würde mich zu dieser Zeit gerne umsehen, dann kann ich es voll genießen.«

»Aber das ist ja schon in einigen Tagen!«, quiekte Yasmin begeistert los.

»Ich finde den Zeitpunkt prima. Ich habe die Praxis die erste Januarwoche zu.«

»Bei Yasmin und mir passt es auch ganz gut«, gab Fenja zum Besten. »Bei uns ist es ebenfalls ruhiger.«

Schnell verabredeten alle aufgeregt einen gemeinsamen Termin.

Erst am späten Nachmittag und nach einigen Runden Sekt, lediglich Yasmin blieb wie gewohnt alkoholfrei, trennten sich die Freundinnen.

Auf dem Weg raus aufs Land hatte Yasmin viel nachzudenken. Etwas Besonderes für die Bridal Shower zu organisieren war eine spannende Herausforderung. Einen Schminkkurs hatte es bereits bei Fenja gegeben, das fiel also mangels Kreativität flach. Für ein Foto-Shooting müsste sie dann eigentlich Mick bitten, das wiederum wollte sie nicht. Von Mariana wusste sie außerdem, dass er Anfang des Jahres schon wieder unterwegs war in die österreichischen Alpen, Fotos für eine Touristikgesellschaft aufnehmen. Ein Dinner war blöd, die Braut war Köchin.

Und plötzlich kam der Geistesblitz. Ein Musical. Sie würde versuchen, VIP-Karten zu bekommen.

Zuerst mit sich zufrieden, stieg erneut ungewollte Traurigkeit in ihr hoch. Zu gerne würde sie ebenfalls heiraten. Aber um nichts in der Welt nähme sie Hannes die Aufgabe eines Heiratsantrages ab. No way für sie. Das machte in ihrer Vorstellungswelt immer noch der Mann. Damit hieß es warten.

Ein ganz klein wenig frustig fuhr sie auf ihren Parkplatz vor dem Haus. Doch der war sofort verschwunden, denn Hannes öffnete ihr die Tür, ihren Kater im Arm.

»Guck mal, Smokey, da kommt deine Mama wieder – und außerdem die schönste Frau der Welt.« Er setzte Smokey ab und nahm sie in den Arm. »Na, wie war euer Mädelsalarm?«

»Großartig! Stell dir vor«, sie sagte es fast atemlos, »Melly wird in Kürze heiraten, genauer gesagt im Frühjahr schon. Sie hat am Heiligabend einen

Heiratsantrag bekommen.«
»Ein guter Tag für einen Antrag«, hörte sie.
»Finde ich auch.« Das allerdings presste sie heraus.
»Warum sagst du das so komisch?«
»Habe ich gar nicht!«
»Ich kenne doch deinen merkwürdigen Unterton.«
»Gib zu, du hast aus Trauer und Einsamkeit schon was getrunken, weil du mich so vermisst hast – und das vernebelt dir die Sinne.«
»Boah ...«, entrüstete sich Hannes.
Yasmin beendete die unselige Diskussion mit einem Kuss.
Der Rest des Abends jedoch war harmonisch und schön und sie fühlte seine tiefe Liebe, als sie zusammen schliefen. Das alleine zählte – was sollte daran eine Ehe ändern?

Paula hatte es sich auf ihrer Couch bequem gemacht. Sie versuchte, sich mit einem Krimi abzulenken, was ihr allerdings nicht gelang.
Melly hatte so gestrahlt. Auch sie hat das Glück erst nach einer Durststrecke erreicht. Vielleicht passierte ihr das ja ebenfalls. Und da war sie wieder, die Hoffnung auf Lance.
Ich rufe ihn einfach an, kam ihr mutig in den Sinn.
Überprüfe deine Gefühle, bevor du etwas tust, was du bereust, meldete sich der Stolz. So fuhr sie ihren Laptop hoch und schaute sich die Bilder von Fenjas Hochzeit an. Was für eine schöne Feier! Wie toll ihre Freundin an diesem Tag ausgesehen hatte! Als wäre sie einem Hochglanz-Brautmagazin entsprungen. Und dieses traumhafte Kleid! Welche Variation würde sie wählen, hätte sie die Chance? Eins mit

Spitze wie Fenja, lieber ein Prinzessinnen-Kleid, Typ Meerjungfrau oder sogar ein kurzes?

Die Bilder mit Lance schürten Gefühlserinnerungen. Wie stolz er als Best Man neben seinem Freund Valentin lächelte und wie gut ihm der elegante Anzug stand! Besonders die schwarze Strähne, die ihm im 50er-Jahre-Stil ins Gesicht fiel, fing wieder ihren Blick ein. Es war nicht wegzudrängen, genau das mochte sie total.

Eine Aufnahme hatte ihn in einem unbeobachteten Moment eingefangen. Man sah ihm an, dass er an etwas Schönes dachte.

Das nächste Foto war ein gemeinsames. Beide strahlten in die Kamera, ein Glas Sekt in der Hand. Ein Weiteres zeigte sie beim Tanzen. Schön war es gewesen, ihm so nah zu sein. Sie konnte das Gefühl dazu abrufen – es war Sicherheit. Vielleicht auch ein wenig Geborgenheit, von seinen starken Armen gehalten zu werden. Und prickelnde Erotik war auch im Spiel …

Paula versuchte, seinen Gesichtsausdruck zu deuten. Wie sah er sie an? Ein bisschen verliebt oder eher doch nicht? Schwierig.

Warum nur musste sie einem Menschen begegnen, der ihr gerne nahe kam, um dann einen Rückzieher zu machen?

Ganz klar hatte sie ihn immer noch im Kopf. Machte das Mondschein-Date Sinn? Sie rieb sich einmal über die Augen. Doch, das Mondschein-Date ist meins!

Fünf Minuten später stellte sie diese gerade gefundene Einstellung schon wieder in Frage. Chaos pur!

Also loggte sie sich in ihr Dating Portal ein, um

kurz danach festzustellen, dass alle Männer, die sich zwischenzeitlich gemeldet hatten, keine wirkliche Option waren.

Wenn die es nicht sind, ist es dann das Mondschein-Date? Oder lauerte dort erneut ein Frosch? Es gab diese schlimmen, fiesen Unterarten; den Angeber-Frosch und den Alkohol-Frosch hatte sie kürzlich kennengelernt. Aus ihrer Vergangenheit und ihrer Praxis kannte sie den Schönling-Frosch, den Eitel-Frosch, den Schmuddel-Frosch und – ganz schlimm – auch das Müttersöhnchen-Fröschlein. Die Reihe ließe sich fortsetzen. Von diesen wollte sie keinen mehr daten! Das wäre vertane Lebenszeit.

Ein Tee durfte es jetzt sein. Sie hatte von Melly eine japanische Sorte bekommen, die es zu testen galt.

Leider war der Tee eine kleine Enttäuschung. Er duftete schön, aber er schmeckte ihr überhaupt nicht. Sie wagte noch einen Versuch. Nee! So kippte sie ihn entschlossen in den Ausguss und entschied sich für einen Jasmin-Tee.

Der erinnerte sie plötzlich an die Worte ihrer Freundin Yasmin: *Nimm es selbst in die Hand!*

Und ehe sie weiter darüber nachdachte, hatte sie zum Handy gegriffen und wählte Lance an.

♥ 28 ♥

Es tutete mehrmals. Ihr Herz schlug wie ein Stahlhammer gegen ihre Brust. Gerade wollte sie auflegen, als sie seine Stimme hörte, die sie ungewollt direkt elektrisierte.
»Lance Williams.«
Jetzt galt`s!
»Hallo Lance, hier ist Paula. Ich wollte dir – ich weiß, es ist schon ein bisschen spät dafür – fröhliche Weihnachten wünschen. Aber irgendwie ...«
»Das ist jetzt echt lustig. Ich habe auch gerade an dich gedacht.«
Hatte sie richtig gehört? Er hatte an sie gedacht? Oh ...
»Ich hoffe, in positivem Sinne.«
»Wie man es nimmt. Ich habe mich gefragt, wie du Weihnachten verbracht hast.«
»Eigentlich ganz schön ...« Gut, dass er ihr Gesicht nicht sah. »Und du?«
»Ich habe ein rauschendes Fest gefeiert.«
Das hätte ich mir ja denken können, dachte Paula und bereute in diesem Augenblick ihren Anruf, da

setzte er hinzu: »Mit mir allein. Ich hatte keinen Bock auf irgendjemanden.«

»Ach?«

»Ich hatte vor den Feiertagen einiges zu erledigen und zudem viel nachzudenken.«

Es ratterte bei Paula. Klar, er wollte nach Südafrika zurück!

»Kann ich mir denken. Die Gerüchteküche flüstert, du willst back to the roots? Du gehst wieder ganz in deine Heimat?«

»Wo hast du das denn her? Ich trage mich mit dem Gedanken, habe das allerdings noch nicht endgültig mit mir selbst ausdiskutiert.«

Paula entgegnete nichts. Was auch? Es entstand eine kurze Pause.

»Jedenfalls freue ich mich, dass du dich meldest«, hörte sie Lance sagen.

Wieder einen Moment Ruhe.

An den Haaren herbeigezogen meinte Paula: »Naja, ich habe mir gedacht, da wir uns weder zu Micks noch zu Yasmins Party gesehen haben, und wir zwei als Säulen der Hochzeit des Jahres bekannt sind«, hier kicherte sie, »sollten wir uns wenigstens Weihnachtswünsche senden.«

»Nett gesagt«, aber dann kam eine Spitze. »Mit welchem der beiden Kerle hast du denn Weihnachten verbracht?«

»Wie?« Paula war vor den Kopf gestoßen.

»Na, der laute Angeber aus dem Restaurant oder der Große aus der Bar?« Leichte Ironie schwang mit.

»Was du immer in alles hineininterpretierst! Der attraktive, lange Kerl in der Bar war der Verlobte meiner Freundin Lola, die im nächsten Jahr heiraten wird. Lola – sie war übrigens auch auf der Hochzeit von Fenja und Valentin – war leider gerade zur Toilette, als du vorbeikamst. Und der Herr im Restaurant – nun, ein Psychopath.«

Damit hatte sie nicht gelogen, denn das war der Typ allemal. Nur halt nicht ihr Patient, obwohl der Typ eigentlich auf ihre Couch gehörte, aber sie korrigierte die folgende Einstellung von Lance dazu nicht.

»Ah, ein Treffen mit einem Patienten. Du hast einen coolen Job.«

»Glaub mir, das hätte ich nicht gebraucht.« Auch das entsprach der Wahrheit. Und da sie schon dabei war, beschönigte sie nichts weiter. »Wenn du es genau wissen willst, ich war Weihnachten ebenfalls allein. Nur heute habe ich mich mit Yasmin, Melly und Fenja getroffen, wie traditionell am zweiten Weihnachtstag. Das war wieder richtig schön! Den Rest konnte man in die Tonne kloppen. Ich hoffe, das neue Jahr wird besser. Ich habe sogar Termine für zwei Hochzeiten. Lolas und Mellys.«

»Melly? Melly heiratet?«

»Ihr Taro will sie nicht mehr entwischen lassen.«

»Gute Idee von ihm. Ich würde dich auch nicht gerne entwischen lassen. Was hältst du davon, wenn wir zwei die Weihnachtstage mit einem Gläschen, gleich welcher Art, gemeinsam verabschieden?«

»Wie? Jetzt?«

»Wenn du spontan genug bist ...«

»Dieser Herausforderung stelle ich mich locker.«

»Gut. Ich hole dich in einer halben Stunde ab.«

»Äh ...«

»Schaffst du also doch nicht.«

»Klar. Du kannst auch ruhig in einer Viertelstunde

hier sein!«, tönte Paula.

»Okay, dann bis gleich.« Er legte einfach auf.

Paula ließ den Hörer sinken. Sie hatte eine Verabredung mit Lance. Wie krass war das denn? Wenn sie mit allem heute gerechnet hätte, damit nicht! Oh Herzklabaster!

So schnell war Paula noch nie ins Bad gesprungen, hatte eine Eildusche genommen und sich im Schnellverfahren geschminkt. Die frisch gewaschenen Haare föhnte sie in wenigen Minuten über Kopf trocken, um sie dann zu einer Hochsteckfrisur zu stylen. Ha! Ein Blick in den Spiegel sagte ihr, gut gelungen! Ab ins Schlafzimmer. Oh – mein – Gott! Was sollte sie anziehen?

Sie entschied sich für ein Kleid im Country-Style, denn dazu hatte sie passende Stiefel.

Kaum hatte sie ihre Klamotten an, sprintete sie zurück ins Bad und duftete sich ein. Mit dem Parfüm, das sie auch schon zur Hochzeit aufgelegt hatte. Würde er sich erinnern?

Schmuck! Fix zu den Ketten und Armbändern, da klingelte es bereits. Egal, erst einmal öffnen.

Sie konnte nicht verhindern, dass ihr Herz heftig schlug, als sie ihn sah. Nach diesem Mann sehnte sich jede Faser ihres Körpers. Dagegen war sie einfach machtlos und kein anderer Mann käme dagegen an. Es schmerzte fast – aber jetzt war er die nächsten Stunden mit ihr zusammen! Mach was draus, Paula, jagte ihr durch den Kopf.

»Du siehst gut aus.« Das Kompliment ging ihr runter wie Sahne. »Und du riechst gut. Ich mag diesen Duft.«

Aha. Er schien sich zu erinnern. »Dankeschön.

Wo wollen wir hin?«

»Was hältst du vom *Wattwurm*?«

»Prima. Ich will nur eben noch Ohrringe einstecken.«

»Brauchst du nicht, du bist auch so schön.«

»Na, vielleicht möchte ich heut schöner sein.«

Er grinste.

Trotz ihres Mantels mit der schützenden Kapuze fror Paula auf dem kurzen Weg zum Auto. Sie warf sich auf den Beifahrersitz. »Hu, kalt!«

»Ich mach dir die Sitzheizung an«, meinte Lance sofort fürsorglich.

»Das ist echt eine geile Erfindung«, freute sich Paula und rieb sich ihre behandschuhten Hände.

Am *Wattwurm* angekommen, standen sie vor verschlossener Tür.

Ein Schild
GESCHLOSSENE GESELLSCHAFT
prangte ihnen entgegen.

»Na, das ist ja jetzt doof«, ärgerte sich Lance.

»Dann lass uns doch ins *Offshore* fahren«, schlug Paula vor.

»Gut, machen wir das.«

Aber dort hatten sie ebenfalls Pech. Schon die Anfahrt zeigte es.

»Nanu«, meinte Paula, »es steht so gut wie kein Auto auf dem Parkplatz. Und dunkel ist der Laden auch.«

Lance fuhr direkt bis vor den Eingang und sprang aus dem Wagen, denn an der Tür klebte ein Hinweisschild. Er studierte es kurz und spurtete dann zurück. »Ab heute bis zur Silvesterparty geschlossen.«

»Na, das nennt man Glück.«

»Lass uns das *Möwennest* anvisieren.«

»Das ist ein Restaurant.«

»Hast du denn keinen Hunger?«, Lance sah sie verwundert an. »So wie ich dich kennengelernt habe, kannst du jederzeit ordentlich schaufeln.«

»Wie kommst du auf so was Merkwürdiges?«, aber Paula kicherte schon. »Mal im Ernst. Fenja, Melly, Yasmin und ich haben heute getafelt wie die Prinzessinnen. Ich bin gut satt.«

»Kleinigkeiten gibt es dort doch auch.«

»Ich stelle fest, *du* bist derjenige, der Hunger hat.«

»Ein bisschen«, gab Lance grinsend zu.

»Na okay, dann ins *Möwennest*.« Paula sah aus dem Fenster. »Es beginnt zu schneien.«

»Das war vom Wetterdienst auch angekündigt worden. Also keine Überraschung und Winterreifen habe ich eh drauf.«

Als sie am *Möwennest* ankamen, hatten sich die ersten hübschen Flocken schon mit den kommenden zu einem wilden Schneetreiben vereint. Sie eilten gemeinsam auf die Tür zu und waren froh, die rettende Wärme erreicht zu haben.

Bedauerlicherweise waren alle Tische reserviert und erneut mussten sie unverrichteter Dinge wieder abziehen.

»Na super, da lade ich dich großspurig ein und dann das!« Lance war es sichtlich unangenehm. Aber plötzlich blinzelte er sie schelmisch an. »Weißt du was? Wir fahren jetzt zu mir!«

♥ 29 ♥

Paulas Kopf flog herum. Sie starrte ihn an. »Zu dir?«

»Wir haben zwei Möglichkeiten. Entweder wir bleiben hier im Auto sitzen und schauen den Schneeflocken zu, wie sie uns einkreisen, oder wir trinken bei mir etwas. Ich habe genug Alkohol zu Hause.«

»Da ist der Haken. Ich muss ja wieder zurück. Laufen möchte ich heut Nacht nicht.«

»Wir gönnen uns was Leckeres und ich vertrau dir ein Geheimnis an.«

»Und welches?« Paulas Augen blinkten.

»Ich weiß, dass es auf dieser Welt Taxis gibt.«

»Oh Mensch!« Klar, was laberte sie auch von Laufen in der Nacht ... zu blöd!

»Ich spendiere dir später eins«, grinste Lance.

»Das kann ich mir durchaus selbst leisten«, schnappte Paula.

»Was habe ich gerade gesagt? *Ich* sorge für das Taxi. Was ist jetzt? Möchtest du?«

»Ja, schon.« Irgendwie klang es kleinlaut – aber

die Aussicht war so verheißungsvoll ...
»Na gut. Dann los.«

Auf der Fahrt sprachen sie recht wenig, denn Lance musste sich auf den Verkehr konzentrieren. Der von vorne kommende Schnee nahm einen Großteil der Sicht und an einem Unfall, den die Polizei gerade aufnahm, waren sie schon vorbeigefahren.
»Willst du mich nicht gleich nach Hause bringen, das Wetter wird ja nicht besser.« Paula wurde nervös.
»Nein, wir haben uns beide auf den Abend gefreut, da geben wir uns doch nicht geschlagen, weil die uns alle nicht wollen und ein bisschen Schnee rieselt!«
»Rieseln ist gut ...«
In welchem Haus Lance wohnte, ließ der Schneesturm nicht erkennen. Lance nahm sie auf dem Weg vom Auto zu seiner Wohnung an die Hand.
»Komm, wir rennen, so schnell es geht. Sonst sind wir Schneemänner.«
Das mit dem Rennen ging auch nicht so wirklich, denn Paulas Stiefel waren glatter als die Sohlen seiner Schuhe. Einmal rutschte sie leicht weg, aber Lance hielt sie.
Seine Hand war warm und kräftig. Es fühlte sich unglaublich gut an und sie bedauerte es, den schützenden Eingang so fix erreicht zu haben. Fast liebevoll wischte er ihr den Schnee vom Mantel.
Seine Wohnung lag im vierten Stock und sie war so was von gespannt, wie diese auf sie wirken würde.
Angenehm, stellte sie bei den ersten Schritten schon fest. Während er ihren Mantel an die Garde-

robe hängte, warf sie einen Blick auf seine Einrichtung. Wie erwartet, präsentierte sie sich klar und ohne Schnörkel. Einen Weihnachtsbaum hatte er nicht, dafür aber eine Art Adventskranz auf dem Sideboard. Genauer gesagt, ein längliches Holzstück, in dem in vier gebohrten Löchern vier heruntergebrannte Kerzen standen. Ein einsamer, silberfarbener Stern war noch davor drapiert.

»Ui, eine Adventsstange«, brach es aus Paula beim Betrachten heraus.

Lance lachte los. »Ah so, ich wusste nicht, dass sich das so nennt, was ich da beherberge. Nimm Platz, Paula. Was kann ich dir denn anbieten? Darf es ein Sekt sein oder möchtest du lieber ein Bier? Ich habe Whisky da und natürlich auch Antialkoholisches. Johannisbeer- und Orangensaft, Wasser und Cola.«

»Da ich mein Auto nicht mithabe, würde ich gerne einen Sekt mit O-Saft trinken, wenn das für dich okay ist.«

»Klar.«

Während sie zum Wohnzimmerfenster wanderte und die wirbelnden Flocken in der Dunkelheit betrachtete, hörte sie ihn in der Küche hantieren. Er kam mit einer Flasche Sekt und einer Karaffe Orangensaft zurück. Wow, stylish, eine Karaffe!

Mit sicheren Handbewegungen entkorkte er die Sektflasche und goss beiden ein.

»Es ist schön, dass du hier bist, Paula.« Er reichte ihr das Glas. »Lass uns auf das Trinken, was wir uns wünschen.«

Sie stießen an. Paula konnte ihre Neugier nicht zügeln. »Und was wünschst du dir?«

Einen Moment lang sah er sie ernst an, dann neigte er sich fast vorsichtig zu ihr und küsste sie sanft auf die Wange. »Dass du bei mir sein wirst.«

Es war wie ein Traum, ein Märchen! Wie hatte sie sich nach solchen Worten gesehnt, nach seiner Nähe, nach einem Kuss von ihm. In diesem Augenblick hatte sie alles.

»Warum, Lance, war das so schwierig? Die letzten Monate, ein Hin und Her und ...«, ihr versagten die Worte und sie holte tief Luft, »ich habe es nicht verstanden.«

»Komm, setz dich. Ich muss dir etwas erzählen.«

Was Paula dann hörte, ließ sie erst einmal sprachlos sein.

»Ich führte schon, bevor ich dich kennenlernte, eine Fernbeziehung. Das wusste keiner, ich habe es bewusst geheim gehalten. Das lag daran, dass diese Frau ein TV-bekanntes Model ist. Ich habe sie auf einem Event meiner Firma in Berlin kennengelernt. Dort wohnt sie auch.«

Ein bisschen verlegen drehte er sein Glas in den Händen.

»Sie ist ein einziges Mal hier gewesen, fand es«, er setzte die Worte »ganz nett« mit den Fingern in Anführungszeichen, »ansonsten sagte ihr unsere Stadt hier nichts. So bin ich immer nach Berlin gependelt, wenn die Zeit dafür da war. Gern hätte sie mich das eine oder andere Mal mit auf irgendeinen roten Teppich genommen, aber das ist einfach nicht mein Ding. Ich mag diese Art Vorführeffekt nicht. Und war man einmal in den Medien, bleibt man dann *der Ex von*! Das ist nichts für mich. Außerdem wusste ich nicht, wohin uns die Reise führt. Diese Beziehung habe ich vor Kurzem beendet.«

Kein Wunder, dachte Paula, dass er bei einer Annäherung stets einen Rückzieher gemacht hatte. Allerdings ehrte es ihn auch. Erst eine Partnerschaft beenden, bevor man sich verliebt in die nächste stürzt. Das war auch ihre Prämisse.

Sie sah ihn an, sein Blick war auf den Boden gerichtet.

Lance selbst hatte in diesem Moment einen Flashback.

Unangenehm war das Gespräch mit seiner Freundin gewesen. Sie begriff nicht, warum er sich von ihr trennen wollte.

»Wir haben doch eine tolle Beziehung, Lance! Unser Sex läuft bombig, wir sehen uns nur zu wenig. Bitte zieh nach Berlin, hier tobt das Leben, hier werden wir glücklich.«

»Berlin ist nicht meine Stadt. Das hättest du in den letzten zwei Jahren schon erkennen können. Zu groß, zu hektisch. Jedenfalls für mich. Ich gehöre in eine Kleinstadt oder aufs Land.«

Seine Lebensweise hatte sie eigentlich nicht interessiert, sondern nur, wie passte seine in ihre. Oft hatte es Streit gegeben, wenn er nach Berlin kam und sie in irgendeine Schicki-Micki-Bude wollte, um Party zu machen, wie sie sich ausdrückte.

Zweimal hatte er sie begleitet, zweimal war ihm die lärmende, übermäßig Alkohol trinkende Gesellschaft zuwider gewesen. Seine Freundin erkannte er kaum, so laut und schrill lachte, so viel trank sie. Privat war sie anders. Lance hingegen genoss die Zeit lieber zu zweit, da waren sie sich einig und nah.

»Lance, lass uns heiraten«, hatte sie sogar an diesem Abend gesagt, als für ihn schon alles erledigt war. »Ich führe dich endlich in meinen Dunstkreis ein. Es wird dir gefallen.«

Sie hatte nichts verstanden von dem, was er versuchte, ihr zu erklären, mit sanften Worten, ohne sie zu sehr zu verletzen. Gelungen war es ihm nicht. Er war dann deutlich geworden. Als sie erfuhr, dass es eine andere gab, die sein Herz erobert hatte, flog das Porzellan und Lance war geflüchtet.

Aber es war zu Ende.

»Warum hast du nichts gesagt? Ich habe gedacht, du seiest Single.« Paulas Worte enthielten einen deutlichen Vorwurf.

»Ich gebe es zu, ich war feige. Ich hatte mich in dich verliebt, war aber noch mit ihr zusammen. Und zweigleisig fahre ich nicht. Ich hatte Angst, dass dich die Wahrheit verschreckt. Dann hat sich alles hingezogen und ich habe es laufen lassen, nachdem ich dich am Flughafen abholen wollte und du in Begleitung eines Kerls kamst. Deutlich als Paar.«

Paula schluckte. »Du warst am Flughafen?«

»Mit einem Riesenblumenstrauß. Ich habe mich als totaler Idiot gefühlt. Die Blumen habe ich noch vor Ort verschenkt.«

»Oh ...«

Dann siegte der Pragmatismus Paulas. »Okay, dann haben wir uns beide ja nichts vorzuwerfen. Verliebt und nicht geschafft, es in die Wege zu bringen.«

Sie lachte auf und griff nach seiner Hand. Jetzt oder nie! »Schaffen wir es nun?«

Hoffnungsvoll sah er sie an. »Willst du?«

»Ja!«

Oh Lance! Seine Küsse und Umarmungen waren alles, was Paula in den letzten Monaten herbeigesehnt hatte. Endlich war sie angekommen! Sie schmolz in seinen Armen, denn er ließ sie nicht mehr los. Der Abend verflog. Sie tranken die Flasche Sekt aus, hatten sich so viel zu erzählen, redeten, lachten und tauschten immer wieder Zärtlichkeiten aus, bis Paula auf die Uhr sah.

»Mitternacht! Ich muss ...«

»... nicht nach Hause. Bitte bleib bei mir! Wir haben uns gerade gefunden. Schau, es hat aufgehört zu schneien, der Vollmond kommt durch.« Lance zog sie hoch und sie traten ans Fenster. Er legte von hinten die Arme um sie.

Trotz vieler Wolken schaffte es der Mond, sein bleiches Licht diffus über die Schneedecke zu schicken und sie glitzern zu lassen.

»Toll sieht es aus, nicht? Wir haben jetzt sozusagen ein Mondschein-Date«, raunte Lance ihr ins Ohr.

Paula nickte nur und genoss den Augenblick.

Dann jedoch erschrak sie. Oha! Das Mondschein-Date!

♥ 30 ♥

Keinen Augenblick hatte Paula in den vergangenen Stunden an das Date verschwendet, das sie so forciert und in welches sie so viele romantische Hoffnungen gesteckt hatte. Sie musste es absagen, alles andere war gemein.

Sollte sie ihm davon erzählen? Sie schwankte aber nur einen winzigen Moment. Nein, es tat nichts zur Sache, es blieb ihr Geheimnis.

Wie hatte sie noch vor Kurzem triumphal gedacht, als sie sich für dieses Event entschied? Das Mondschein-Date ist meins! Nun hatte sie eins, nur auf völlig andere Art als erwartet. Überraschendes Leben! Schönes Leben!

»Bleib bei mir heute Nacht«, hörte sie wieder die leise, tiefe Stimme nah an ihrem Ohr, die ihren Körper vibrieren ließ. Seine Arme, die sie fest umschlossen hielten, boten ihr den Halt, den sie für ihr Leben in ihren Träumen ersehnt hatte, sie spürte seinen Atem – sie wollte ihn ganz.

Langsam drehte sie sich zu ihm um und sah ihm in die Augen.

»Es ist das fantastischste Mondschein-Date, das ich mir vorstellen kann«, flüsterte sie.

»Also habe ich gute Chancen, dich zu verführen in dieser Nacht?«

»Die Allerbesten.«

Er hob sie hoch und trug sie in sein Schlafzimmer.

Am kommenden Morgen erwachte Paula im Bett von Lance und sofort schwappte eine Welle pures Glück durch sie. Wie wunderbar Zärtlichkeiten und Sex sein konnten, dachte sie mit übervollem Herzen. Und wie sehr hatte sie sich danach gesehnt!

Vorsichtig drehte sie den Kopf zur Seite – und sah in das lächelnde Gesicht von Lance, der sie beobachtete.

»Wie lange bist du denn schon wach?«, fragte sie erstaunt.

»Hey!«, schimpfte er entrüstet. »So habe ich mir das Aufwachen mit dir aber nicht vorgestellt! Ich habe gedacht, du küsst mich zärtlich und hauchst mir hingebungsvoll ein *Guten Morgen, mein potenter Heroe* entgegen.«

Auf eine Antwort wartete er jedoch gar nicht erst, sondern hob ihre Bettdecke hoch und schlüpfte darunter. »Willst du vorher einen Kaffee oder hinterher?«

Paulas Leben hatte sich von einer Stunde auf die nächste geändert. Der sonst so zurückhaltende Lance empfand ihr Dasein in seiner Wohnung als selbstverständlich. Lance bereitete das Frühstück vor.

»Ich habe nur keine Brötchen da. Aber an der Straßenecke gibt es einen Bäcker.«

»Dann stiefel ich da mal hin.«

»Wir gehen zusammen.«

Das verwunderte sie. Gemeinsam war sie noch nie mit einem Mann zum Bäcker gegangen! Immer war sie diejenige gewesen, die für die Brötchen Sorge getragen hatte! Hand in Hand schlenderten sie zur Bäckerei. Der Fußweg war geräumt, aber an den Bürgersteigkanten türmte sich der Schnee.

Der Duft frischer Backwaren strömte ihnen entgegen.

»Was möchtest du denn für welche?«, fragte Lance.

»Welche ist gut. Mir reicht eins. Ein Körnerbrötchen, bitte.«

»Okay, ich brauche drei.«

Paula betrachtete die benachbarte Kuchentheke.

»Wollen wir für heute Nachmittag Kuchen mitnehmen?«, fragte Lance.

Paula sah Lance überrascht an. Er plante den Tag mit ihr! Wunderbar!

»Gerne. Schau mal, der Bratapfelkuchen sieht total lecker aus, oder?«

»Finde ich auch.« Lance wandte sich an die Verkäuferin. »Wir möchten den Bratapfelkuchen.«

»Wie viele Stücke?«, fragte sie, das Messer zur Hand nehmend.

»Wir nehmen den Ganzen.«

Paula schnappte nach Luft und sah zu Lance. »Bekommst du noch Besuch? Ansonsten brauchen wir nicht ...«

Er winkte ab. »Doch!«

Lance trug das Tablett mit dem Kuchen, während in Paulas Hand auf dem Rückweg die Brötchentüte schlackerte. Verstohlen sah sie ihn von der Seite an. Er hatte den Kragen seiner Jacke hochgeschlagen und darum den Schal geschlungen. Wie gut er aussah! Und sie ging neben ihm – es war wie ein Traum und genauso war die Nacht und der Morgen gewesen.

Ein angenehmer Schauer rieselte bei diesen Gedanken ihren Rücken hinab. Innerlich war ihr heiß, nach außen hin produzierte sie weiße Atemwölkchen.

Unvermittelt blieb Lance stehen und küsste sie. »Das brauchte ich jetzt«, kommentierte er trocken. Paula hatte das Gefühl, als würde der Schnee um sie herum wegschmelzen.

Das Frühstück war herrlich. Immer wieder griff Lance nach ihrer Hand.

»Was machen wir zwei zu Silvester?«

Paulas Herz pumperte. Mit dieser Frage hatte sie – zumindest am heutigen Morgen – nicht gerechnet.

»Hm ... also ...«

»Oder bist du zu Silvester schon vergeben?« Er zwinkerte ihr zu und stupste ihr mit dem Zeigefinger liebevoll auf die Nasenspitze.

»Ich würde *alles* für dich absagen.«

»Dann schlage ich vor, wir verbringen Silvester im Hotel von Valentin und Fenja. Ganz zufällig habe ich zwei Karten.«

»Ach«, Paulas Gesicht verfinsterte sich, »mit wem wolltest du denn eigentlich dahin?«

Lance sah sie strafend an. »Valentin hat mir erst vor einigen Tagen die Karten angeboten. Alleine wäre ich gar nicht gegangen. Du siehst, dein Einlass für eine traumhafte Silvesternacht mit mir ist jungfräulich. Ich habe in den letzten Wochen an niemanden anders als an dich denken können.«

»Hm ...«

»Wir können auch gerne hierbleiben. Dann brauchen wir nichts anziehen. Wir feiern nackt und ...«

»Du bist ja ein echter Sittenstrolch.«

»Quatsch! Wie antiquiert. Ich bin ein Womanizer.«

»Angeber.«

»Wer kann, der kann.«

»Was zu beweisen wäre.«

»Jetzt?«

»Nö. Erst nach dem Frühstücksei.«

»Wie? Das ist wichtiger als ich?« Lance sah sie gespielt beleidigt an.

Paula sah auf die Uhr. »Nun mal ernst. Ich muss nach Hause.«

»Warum?«

»Ich habe noch einiges zu erledigen.« Paula dachte dabei besonders an die Absage des Mondschein-Dates. Es wurde später und sie empfand ihr Verhalten als immer rücksichtsloser. Das war schließlich nicht ihre Art.

»Ich fahre dich und bleibe bei dir. Du arbeitest ab und dann düsen wir wieder hierher«, schlug Lance vor.

»Setz mich einfach daheim ab. Ich beeile mich und wenn du möchtest, komme ich nachher zurück.«

»Zum Kaffee? Sahne braucht man zum Bratapfelkuchen. Ich bin der beste Sahneschläger überhaupt.«

»Wenn du das sagst ... jedenfalls besser als Schaumschläger«, lachte Paula.

Lance setzte Paula zu Hause ab. »Und du versprichst, dich zu beeilen?«

Sie gab ihm einen schnellen Kuss. »Zum Kaffee bin ich wieder bei dir.«

Kaum hatte sie ihre Wohnungstür hinter sich geschlossen, fuhr sie ihren Laptop hoch und sagte das Mondschein-Date ab. Sie enttäuschte jetzt jemanden, aber gut, derjenige war ihr nicht bekannt und umgekehrt hätte es genauso passieren können.

Als sie das erledigt hatte, packte sie ihre Tasche für eine Übernachtung.

Da war es, das Glück, das sie sich so gewünscht hatte. Es war unverhofft gekommen, so wie Yasmin ihr vorausgesagt hatte. Und sie hatte nach dem Tipp ihrer Freundin gehandelt – einfach die Sache in die eigenen Hände genommen. Mehr als eine schmerzhafte Abfuhr war eh nicht drin gewesen. Aber ihr Mut war belohnt worden. Sie könnte platzen vor Wonne!

Spontan versuchte sie, Yasmin zu erreichen, leider blieb ihr Anruf unbeantwortet, sie ging nicht ans Handy. Schade. Gerade ihr hätte sie zuerst gesagt, mit wem sie nun zusammen war – und dass sie ein Mondschein-Date nicht mehr benötigte.

Sie dachte an die vergangenen Stunden und an die Hände dieses attraktiven Mannes auf ihrer nackten Haut, an seine Küsse, seinen Körper über ihrem, seine kräftigen Stöße, sein Stöhnen ... ihr wurde warm und ihre Sehnsucht nach Lance riesengroß.

Bevor sie jedoch losfuhr, wollte sie jemand von ihrer frischen Beziehung zu Lance erzählen. Es musste raus! Sie versuchte es bei Fenja und erwischte sie auch gleich nach dem zweiten Klingeln.

»Hi du, hier ist Paula. Du glaubst es nicht, mit

wem ich gestern aus war.«

»Mit Lance.«

Einen Augenblick hatte es Paula die Sprache verschlagen, dann jedoch fragte sie verdutzt: »Woher weißt du das? Hat uns jemand gesehen?«

♥ 31 ♥

»Nein. Aber Lance hat Valentin für den Silvesterball zugesagt, mit zwei Personen und zufällig hat er deinen Namen erwähnt«, meinte Fenja genüsslich.

Paula konnte das Vergnügen ihrer Freundin in der Stimme hören.

»Ah so ..., na dann ... also, ich habe auf Yasmins Rat gehört und bei Lance angerufen und stell dir vor ...«, und sofort sprudelte es nur so aus Paula heraus.

»Wie schön!« Fenja war völlig erleichtert, denn endlich war das Elend vorbei, so ähnlich hatte sich nämlich Valentin geäußert.

»Ich habe gedacht, Silvester wird für mich trostlos – na gut, ehrlich gesagt, habe ich auf mein Mondschein-Date gehofft, das ich übrigens gecancelt habe – aber nun gehe ich sogar auf einen Silvesterball.«

»Mit deiner großen Liebe«, ergänzte Fenja.

»Ja, mit der Liebe meines Lebens. Und Fenja, ich lasse ihn nicht mehr los!«

»Dann wärst du ja auch mit Blödheit gepudert.«

Paula kicherte aufgekratzt. »Ich bin schon wieder

auf dem Sprung zu ihm, hab nur ein paar Sachen gepackt. Dummerweise habe ich Yasmin noch nicht erwischt«, bedauerte Paula. »Sie hat mir den Schubs gegeben und ich finde, sie sollte es unbedingt wissen.«

Auf dem Weg zu Lance erreichte sie der Rückruf von Yasmin. »Du hast angerufen«, zu mehr kam ihre Freundin gar nicht, schon quatschte Paula ohne eine Pause los. »... und deshalb bin ich dir so dankbar für deinen Tipp.«

»Reiner Selbstschutz, Paula, wir konnten dein Gejammer nicht mehr ertragen.«

»War ich so schlimm?«

»Schlimmer!«

»Wo feiert ihr den Silvester? Stell dir vor, Lance hat zwei Karten für den Silvesterball bei Fenja und Valentin.«

»Wir auch. Obwohl, Karten ist bei uns natürlich übertrieben. Ich arbeite ja dort und deshalb bietet es sich an. Übrigens werden Mellys Gäste später vom Restaurant in den Ballsaal wechseln. Es war im Verkauf sozusagen eine ultraerfolgreiche Combicard.«

»Krass, dann feiern wir alle gemeinsam Silvester! Mensch, das ist der Knaller. Und Yasmin, ich bin sowas von happy!«, jubelte Paula.

»Toll, ich freu mich total für dich. Was ist denn eigentlich mit deinem Mondschein-Date geworden? Ich bin total neugierig. Warst du dort?«

»Nein, das wäre erst noch gewesen. Ich habe es abgesagt. Aber ich werde noch viele Mondschein-Dates haben.«

Yasmin stand auf der Leitung. »Wie jetzt?«, fragte

sie verwundert.

»Na, mit Lance, du Nasenbärchen.«

Pünktlich zur Kaffeezeit war Paula wieder bei ihrem Lance. Der hatte in der Zwischenzeit für ein gemütliches Ambiente gesorgt. Kerzen standen neben dem Kuchen und einer Schüssel Sahne auf dem Tisch, es duftete nach frisch gebrühtem Kaffee.

Es tat so gut, nicht allein zu sein.

Lance war wie verwandelt. Nicht diese komische zurückhaltende Art, die er vorher an den Tag gelegt hatte, sondern fürsorglich und liebevoll. Paulas Herz zersprang fast vor Liebe, als sie ihn betrachtete, wie er beiden ein Stückchen Kuchen auf dem Teller platzierte und ihr auch einen Klacks Sahne dazugab. Sie hätte ihn so über den Tisch zu sich heranziehen können ...

»Ich brauche dringend ein neues Kleid für den Silvesterball. Magst du morgen früh mit mir einkaufen gehen?«

»Klar! Ich suche gern mit aus.« Lance konnte noch nicht wissen, dass er das Wort *gern* am folgenden Tag am liebsten gestrichen hätte.

Im ersten Geschäft fand Paula nichts. »Nee, also das ist ja alles völlig passé! Mir ein Rätsel, wie die überhaupt etwas verkaufen.«

Der zweite Laden bot zwei Modelle, die seiner Paula gefielen. Ihm allerdings nicht.

»Irgendwie sitzt es am Po nicht richtig«, empfand er. »Da wirft es eine unvorteilhafte Falte.« Das hätte er mal besser nicht gesagt.

»Wie? Was ist denn mit meinem Hintern nicht in Ordnung? Bei mir hat noch nie ein Kleid eine Falte an dieser Stelle geworfen!« Paula eilte zu dem großen Spiegel und betrachtete ihr Hinterteil. »Tatsächlich. Ich glaube, ich bin zu fett geworden!«

Schnell verschwand sie in der Umkleidekabine und zog den Vorhang kurz darauf mit einem »Tataaa!« wieder auf.

Ach du Schreck, dachte Lance, das kann sie auch noch tragen, wenn sie sechzig ist.

Paula hatte den Blick ihres Freundes gleich richtig interpretiert. »Old fashioned, was?«

Er nickte nur.

Paula verschwand wieder hinter dem Vorhang.

Das nächste Geschäft bot eine riesige Auswahl an passenden Kleidern, leider jedes Modell mehrfach in den einzelnen Größen.

»Davon will ich in keinem Fall eins«, meinte Paula, als sie die Kleiderbügel einen nach dem anderen wegschob. »Ich muss ja damit rechnen, an dem Abend eine Reihe von Zwillingsschwestern zu haben.«

Zwei Stunden waren sie nun schon unterwegs, jedes noch so kleine Geschäft wurde abgeklappert, an jedem Kleid hatte Paula etwas zu meckern.

Die Farbe steht mir nicht – es trägt an den Hüften auf – der Ausschnitt ist nun wirklich zu tief – bei der Länge habe ich Keulenwaden – ich sehe aus wie Oma Plüsch – dreimal getanzt und das Material stinkt wie Puma.

Lance seufzte innerlich. Was habe ich mir damit nur angetan! Ihm taten die Füße weh und die mitleidigen Blicke der Verkäuferinnen konnte er auch nicht mehr ertragen. Er hatte Durst und leichter Hunger meldete sich ebenfalls.

»Paula, ich glaube, heute finden wir nichts für dich.«

»Ich brauche aber ein Kleid. Weiter geht`s!« Ohne Mitgefühl zog sie ihn aus dem Geschäft. Gegenüber gab es eine Metzgerei.

»Ich will jetzt ein Würstchen!« Das kam fast schon trotzig von Lance.

»Okay, dann nehmen wir gleich etwas fürs morgige Frühstück mit.«

Lance bekam sein Würstchen und drei weitere kauften sie noch auf Vorrat.

»Ich hätte gerne Streichwurst.«

Die Verkäuferin sah Paula irritiert an.

»Entschuldigung, Teewurst.« Das war das Zauberwort gewesen.

Kaum aus dem Laden raus, giggelte Paula. »Ich habe sie mit meiner Streichwurst ganz schön verwirrt, was?«

Lance grinste. »Geh doch das nächste Mal hin und verlange ein Stückchen Wiesenwurst und ein paar Scheiben von der Blumenkohlmortadella, dann hast du sie da liegen.«

»Na klar, und wackel ich da nochmal hin, verschwinden alle Verkäuferinnen in den Kühlräumen, weil sie mich erkennen: Da kommt sie wieder!«

»So ungefähr. Gib mir noch ein Würstchen, bitte!«

Während Lance mit Heißhunger abbiss, kam Paula der Geistesblitz.

»Wir tigern jetzt ins *Happy Wedding*, da finde ich etwas, da bin ich sicher! Warum bin ich nicht gleich darauf gekommen?«

Und tatsächlich, zu seiner grenzenlosen Erleichterung fand Paula auf Anhieb ein passendes Etui-

Kleid in einem wunderbaren Lindgrün.

An der Kasse zückte er sein Portemonnaie.

»Aber das geht doch nicht«, protestierte Paula, denn der Preis war nicht ohne.

»Und ob. Nimm es als nachträgliches Weihnachtsgeschenk oder als Präsent zum neuen Jahr.« Er reichte der Verkäuferin Ute, die Paula ja schon von Fenjas Hochzeitsvorbereitungen kannte, seine Kreditkarte.

Vor dem Geschäft küsste Paula ihn. »Danke, du Traummann!«

»Okay, darauf bilde ich mir jetzt etwas ein.«

»Kannst du auch.«

Wieder daheim, es war mittlerweile später Nachmittag, öffnete Lance gleich eine Flasche Bier und goss zwei Gläser ein.

»Auf deinen Kleiderkauf.«

»Auf dich und dein Geschenk«, antwortete Paula, trank einen Schluck, stellte das Glas beiseite, griff die Tüte und zog ihre Errungenschaft heraus und noch einmal an.

»Richtig chic«, bewunderte sie sich vor dem Spiegel.

Lance ging zur Toilette. Als er zurückkehrte, rieb er sich die Hände. »Komm, lass uns die Würstchen essen, die über sind.«

Paula schaute verlegen zu Boden. »Leider keine mehr da.«

»Wie, nicht mehr da? Alle beide weg?«

Paula nickte, das schlechte Gewissen stand ihr ins Gesicht geschrieben.

»Du willst mich veräppeln!«

Sie schüttelte bedauernd den Kopf. »Nein.«

»Echt jetzt?« Lance starrte sie ungläubig an.
»Ja, ich war so einsam, als du im Bad warst.«
Lance klatschte sich die Hand an die Stirn. Er war nicht mehr allein. Da kam ja noch was auf ihn zu!

♥ 32 ♥

In den Silvestermorgen starteten die vier Freundinnen unterschiedlich.

Fenja und Valentin waren sehr zeitig aufgestanden, hatten im Stehen gefrühstückt und fuhren dann ins Hotel. Dort arbeiteten längst emsige Angestellte, um den Saal für den Abend herzurichten. Sie wuselten um die Achtertische, die ganz in Weiß eingedeckt wurden.

Im Saal hingen bereits Luftballongirlanden in Gold, die neue Jahreszahl war mit dem goldenen Schriftzug HAPPY NEW YEAR an der Wand angebracht. Darunter stand eine lange Tafel, worauf das Buffet mit den Hauptspeisen angerichtet werden sollte.

Da geplant war, den Gruß aus der Küche sowie die beiden Vorspeisen am Tisch zu servieren, wurde Besteck schon eingedeckt.

Fenja lief einmal um jeden Tisch herum, kontrollierte die Lage des Bestecks und der Gläser, richtete hier und da eine der Stoffservietten oder korrigierte das Blumengesteck genau in der Mitte. In dieser

Hinsicht war sie sehr pedantisch, alles musste perfekt sein. Das Dessert gab es dann wieder als Buffet, aber die kleinen Löffel und Gabeln hatten schon ihren Platz auf den Tischen gefunden.

Die Band traf überraschend zeitig ein.

»Wir hatten Sorge, dass uns das Wetter einen Strich durch die Rechnung macht«, meinte der Gitarrist. »Aber wir haben ja keine Langeweile.«

Und während die Band einen Soundcheck machte, organisierte Fenja ein Mittagessen für die hungrigen Männer. Abends nahmen sie sowieso am Buffet teil.

Valentin kontrollierte mit einer Kollegin vom Empfang währenddessen noch einmal die Reservierungen.

»Eine Frage hätte ich, Herr von Sellbach.«

»Nur zu.«

»Warum eigentlich hat dieser bekannte Fotograf keine Einladungskarten bekommen, zu dem Zeitpunkt seiner Buchung hatten wir doch noch welche für den Silvesterball.«

»Ganz einfach. Dieser Herr hatte mir erst zugesagt, auf unserer Hochzeit für die Aufnahmen zu sorgen. Kurz vor knapp hat er unseren lange vorher geschlossenen Vertrag gecancelt, um an einem für ihn bedeutenderen Termin zu fotografieren. Und ich stand ohne Fotograf da. Alle Fotostudios waren bereits ausgebucht. Und wenn ich nicht meinen besten Freund und seine Beziehungen gehabt hätte ... gar nicht auszudenken.«

»Ah so.«

»Deshalb sind und bleiben jegliche Buchungen für diesen Herrn gesperrt.«

Valentin verließ mit bester Laune den Empfang.

Yeah, manchmal spielt das Leben eben einen herrlichen Rückpass.

Melly und Taro waren ebenfalls schon mit ihren Einkäufen vom Großmarkt eingetroffen. Den frischen Fisch vom Händler ihres Vertrauens hatten sie, ohne die Kühlkette zu unterbrechen, sofort im hoteleigenen Kühlraum untergebracht.

Geschäftig machten sie sich an die Vorbereitungen. Ihr Fokus war ganz auf das Menü am Abend ausgerichtet. Melly schnippelte gerade Zwiebeln, als Taro sie von hinten umarmte.

»Wie komme ich zu dieser Ehre?« Melly lehnte sich an ihn.

»Ich wollte dir sagen, ich finde den Termin, den du ausgesucht hast, schön.«

»Wel...«, da dämmerte es ihr. »Unsere Hochzeit?«

»Was sonst? Der 21. April gefällt mir. Lass uns ab morgen richtig in die Planung einsteigen.«

Wahnsinn! Ich heirate im April, dachte Melly, legte das Messer beiseite, drehte sich herum und gab ihrem Taro einen zarten Kuss auf den Mund.

Paula und Lance gönnten sich einen ruhigen Beginn des Silvestertages. Sie frühstückten ausgiebig, diesmal bei Paula. Ihre Wohnung war einfach größer und auch luxuriöser.

»Du siehst so süß aus in deinem kurzen Morgenmantel. Deine nackten Beine machen mich echt total an.« Lance blickte seiner Freundin hinterher, als sie den Tisch abräumte.

»Macht es dich noch mehr an, wenn ich den vorne öffne?«, grinste sie verschmitzt.

»Tu es! Dann sehen wir.«

»Nee. Jetzt nicht.« Paula räumte weiter ab. »Ich ziehe mich fix an, damit wir schnell in den Supermarkt fahren können. Wir wollen das neue Jahr doch mit einem leckeren Essen beginnen.«

»Dann ab mit dir! Ich räume den Rest weg und du machst dich fertig.« Lance hatte die geheime Befürchtung, dass dies endlos lange dauern würde.

Paula wechselte ins Schlafzimmer. Sie sah in den Spiegel. Du Glücksmaus du, freute sie sich, du bist Silvester nicht allein!

Auch Yasmin und Hannes schliefen länger. Er war zuerst wach, schlich vorsichtig aus dem Zimmer und kochte Kaffee. Diesmal nahm er nicht nur die Tassen mit, sondern machte ein Tablett fertig. Er packte Lebkuchenherzchen mit darauf, die Yasmin so liebte. Für sich selbst durfte es ein Stück Salami sein.

Yasmin blinzelte ihm entgegen. »Oh ... ich werde verwöhnt. Klasse!«

Hannes setzte sich auf die Bettkante und schob seiner Freundin ein Herzchen in den Mund.

»Lecker!«, kommentierte sie. »Und ich freue mich total auf den Ball.«

»Ja, zumal Mary und Dominik mitkommen. Da haben wir den ganzen Abend was zu klönen. Seit er in der Leitstelle arbeitet, ist er wie ausgewechselt, hat Mary erzählt.«

»Hat sie mir auch beim letzten Telefonat gesagt. Wie schön!«

Später frühstückten sie gemütlich und entschieden sich dann für einen Spaziergang im Schnee.

Yasmin stylte sich in aller Ruhe und ließ nebenbei ihre Gedanken schweifen. Sie schaute auf ein turbulentes Jahr zurück. Sie war dankbar für alles.

Der Bauchschuss, der sie schwer verletzte und sie beinahe das Leben gekostet hatte, war ihr steiniger Weg ins Glück gewesen. Sie war mit Hannes zusammengekommen und sie hatte einen neuen Job, der sie mehr denn je ausfüllte. Die Organisation der Brautpartys machte ihr riesigen Spaß und nun hatte sie noch Verantwortung dazu erhalten. Für ihre Freundin Fenja war die Arbeit in der Geschäftsleitung *zu trocken* und sie hatte einen regelrechten Horror davor. Das verstand sie nicht. Sie empfand die Vielschichtigkeit der Aufgaben als hochspannend.

Noch vor wenigen Wochen litt sie immens unter der Aussage ihrer Ärzte, niemals Kinder bekommen zu können. Der neue Job hatte es ein bisschen kompensiert. Nicht viel, aber immerhin.

Die lebhaften Nachbarkinder waren öfter bei ihnen. Diese Zeit genoss Yasmin, allerdings war sie gar nicht so unglücklich, waren sie abends wieder daheim in ihrem eigenen Zuhause.

Über eigene Kinder sprachen Hannes und sie nicht mehr. Warum auch? Eine Adoption war eine schöne Perspektive, da waren sich beide einig. Aber erst musste sich entscheiden, wie ihre gemeinsame Zukunft aussah. Und da hatte Hannes wohl die Ruhe weg. Den ersehnten Heiratsantrag hatte sie nicht bekommen. Sie sah es nun lockerer, es war auch so schön.

»Bist du fertig?«, hörte sie die Stimme von Hannes vom Wohnzimmer aus rufen.

»Ja. Wo ist Smokey?«

»Der liegt eingerollt auf der Couch.«

Yasmin stellte ihm noch ein volles Schälchen

Nassfutter hin und füllte das Trockenfutter auf. »Er ist ja ohne uns – und das bis morgen früh.«

»Er ist doch sicher hier.«

»Schon, aber ... ach, so gerne lasse ich ihn nachts nicht allein.«

»Er schafft das, er ist schließlich ein großer Kater geworden.«

Als hätte Smokey das mitbekommen, hob er seinen Kopf, richtete seine Öhrchen, schaute beide kurz mit starrem Blick an, als wolle er sagen, *mir geht's gut, nun haut schon ab,* um sich dann wieder relaxed niederzulegen und die Augen zu schließen.

Yasmin lief zu ihm hin und kraulte sein schwarzes Fell. »Bis morgen früh, Süßerchen.«

»Yasmihiiin! Komm jetzt!«, drängte Hannes. »Wir sind mit Mary und Dominik verabredet, wir wollen sie doch nicht warten lassen.«

Sie küsste Smokey auf sein Köpfchen, dann war sie abreisebereit.

Die Luft vor dem Haus empfing sie mit einem eisigen Hauch und Yasmin zog sich schnell den Schal höher. »Wie gut, dass du den Wagen vorhin enteist hast.«

»Wenn du mich nicht hättest.«

Der Weg in die Stadt war recht mühsam, denn es ging langsamer als geplant voran. Hannes gab Mary Bescheid, dass sie ein paar Minuten später im Hotel eintreffen würden.

Leider kam in diesem Moment ein Wagen aus einer Seitenstraße gerutscht. Bremsen konnte er nicht mehr.

♥ 33 ♥

So gab es ein hässlich schepperndes Geräusch und Yasmins Wagen wurde quer über die Straße an einen Laternenmast geschoben.

Nach dem ersten Schreck und der besorgten Nachfrage von Hannes: »Ist dir was passiert?«, und der erleichternden Antwort »Nein« von Yasmin stiegen sie aus. Die Ruhe konnten sie als ausgebildete Polizisten wahren. Ein Ehepaar, ebenfalls festlich gekleidet, saß in dem anderen Auto.

Hannes öffnete die Tür, die aber nur halb aufschwang. »Wie geht es Ihnen? Sollen wir den Rettungswagen rufen?«

Die beiden waren nur vor Entsetzen wie erstarrt. »Nein, nein«, sagte der Mann, in den wieder Leben kam. »Es ist alles in Ordnung.« Er versuchte, aus dem Wagen zu steigen, die verzogene Tür jedoch hinderte ihn. »Oje, ich glaube, hier komme ich nicht raus.«

Letztendlich verließen beide über die Fahrerseite den Wagen, Hannes informierte die Kollegen und die vier zitterten bei eisiger Kälte zwanzig Minuten, ehe die Beamten vor Ort waren.

Zwischenzeitlich hatte Yasmin ihre Freunde erneut angerufen. »Geht bloß schon rein! Wir kommen, sobald das hier geklärt ist.«

Nils hatte Dienst, sorgte für den Abtransport der beiden nicht mehr fahrtüchtigen Autos, bestellte für das Ehepaar ein Taxi und kutschierte Kollege Hannes und Yasmin im Streifenwagen zum Hotel.

»Viel Spaß! Trinkt einen für mich mit um Mitternacht.«

»Mein schönes Auto!«, jammerte Yasmin, als sie den Saal betraten.

»Besser als kaputte Knochen«, erinnerte Hannes sie an das Glück, dass sie gehabt hatten.

Von den besorgten Freunden wurden sie natürlich sofort befragt.

»Bei dem Wort Autounfall gruselt es mich immer«, gab Dominik zu. Er konnte es nicht vermeiden, dass die Erinnerung an sein Schicksal hochkam. »Seid froh, wenn es mit Blechschaden erledigt ist.«

Paula war innerlich dankbar, dass Yasmin den Rums so gut weggesteckt hatte. Sie war psychisch zwar gewachsen, aber so ein Erlebnis konnte schnell einen Rückfall verursachen. Die Sorge jedoch war unbegründet.

»Ach«, Yasmin winkte ab, »es war nur ein kurzer Schreck, weil Blech auf Blech immer so schrecklich laut ist und so furchtbar metallisch knirschende Geräusche macht. Das andere Paar tat mir leid, die waren echt von der Rolle. Blöd nur, dass wir jetzt für die Rückfahrt aufs Land ein Taxi benötigen. Wird ein teurer Spaß am ersten Tag des neuen Jahres.«

Es meldete sich Lance zu Wort und Paula war mächtig stolz auf ihn. »Das ist gar nicht nötig. Ihr könnt meinen Wagen haben. Ihr fahrt uns nachher eben zu Paula und setzt uns ab. Wir haben ja Paulas Auto zur Verfügung.«

»Aber das ...«, wollte Yasmin einwenden.

»Echt kein Ding«, stimmte Paula zu. »Das ist doch das Vernünftigste und wir brauchen tatsächlich, wenn überhaupt, nur ein Auto. Wir sind sogar die Begünstigten«, griente sie. »Da wir beide etwas trinken wollen, hätten wir uns allemal ein Taxi gegönnt. So bist du der Taxi-Driver, Yasmin.«

»Okay. Die Win-win-Situation habe ich verstanden. Dankeschön.«

Fenja und Valentin gesellten sich dazu, um die Freunde zu begrüßen. Sie wussten natürlich von den anderen bereits von dem Crash, aber der war noch einmal Thema und Yasmin berichtete die Story erneut.

»Hoffen wir, dass uns das Glück im neuen Jahr treu bleiben wird. Darauf sollten wir anstoßen.« Valentin winkte eine Bedienung heran. »Emily, bringst du uns achtmal Sekt vorbei?«

Yasmin griff lächelnd ein. »Sieben Sekt und einen Orangensaft, bitte.«

Sie hatten gerade auf einen schönen Abend angestoßen, als der Gruß aus der Küche an die Tische kam. Valentin und Fenja verabschiedeten sich, um ihre Aufgaben wahrzunehmen.

Nach der zweiten köstlichen Vorspeise begann die Band zu spielen. Sofort lockte es die ersten Gäste auf die Tanzfläche.

Als Valentin das Buffet freigab, wurde es kurzzeitig ruhiger, um dann umso partymäßiger abzugehen.

Um halb zehn füllte sich der Saal noch einmal – die Gäste von Melly und Taro kamen hinzu. Nachdem die beiden ihr Restaurant aufgeräumt hatten, gesellten sie sich zu den Freunden. Mit Schrecken erfuhren sie von dem Unfall. Und auch Melly bot kurzerhand ihr Auto an.

»Ihr könnt mein Laubfröschchen haben. Bringt es einfach morgen am frühen Nachmittag zurück, das reicht uns völlig aus.«

»Das ist total lieb, aber Lance hat uns seinen Wagen schon angeboten.«

Ich bin von echten Freunden umgeben, empfand Yasmin mit einem Glücksgefühl.

Immer wieder tanzten Paula und Lance, besonders die Blues-Sequenzen hatten es ihnen angetan.

Paula genoss es in vollen Zügen.

Auf Fenjas Hochzeit habe ich mir die wenigen Minuten in seinen Armen gewünscht, die Band würde nie aufhören zu spielen. Nun hält mich dieser Mann fest und ich gehe mit ihm nach Hause. Das nennt man schwindelig sein vor Glück.

Sie sah Yasmin und Hannes tanzen. Yasmins Kopf lehnte an der Schulter ihres Freundes, sie hatte die Augen geschlossen. Langsam wiegten sie sich im Rhythmus der Musik. Sie ist rundum happy, freute sich Paula und war abermals erleichtert über die Entwicklung nach dem fatalen Geschehen in der Tankstelle. Yasmin und Hannes, die beiden würden ihr Leben gemeinsam meistern, da war sie sich ganz sicher.

»Geht es dir gut?«, flüsterte Lance ihr ins Ohr.

»Und wie! Du bist bei mir, mehr brauche ich

nicht«, hauchte sie und schmiegte sich noch näher an ihn.

Melly und Taro fanden den Weg nur ein einziges Mal zur Tanzfläche.

»Habt ihr keine Lust?«, fragte Yasmin.

»Du, wir haben seit heute Morgen in der Küche gestanden und bis wir hier bei euch ankamen nicht einen Moment gesessen. Wir sind einfach froh, einen Stuhl unter dem Hintern zu haben.«

»Okay, verständlich.«

»Außerdem unterhalten wir uns ganz gut.« Sie warf einen freundlichen Blick zu Mary und Dominik, der ihnen von seinem neuen Job berichtet hatte.

»Es macht mir Freude und ich bin endlich wieder nützlich«, hatte Dominik gesagt.

»Was du immer hast!«, schimpfte Mary ihn aus. »Du warst in jedem Augenblick wichtig für mich, ob du nun im Rollstuhl sitzt oder nicht. Das hat nichts an meiner Liebe für dich verändert.« Sie nahm seine Hand und hauchte ihm einen liebevollen Kuss auf die Wange.

»Ich weiß ja, aber es ist trotzdem ein Gefühl, das sich nicht wegdrängen lässt. Und jetzt kann ich anderen Menschen helfen und der Rollstuhl ist dabei keine Behinderung. Auch meine Kollegen in der Leitstelle müssen alle auf ihrem Allerwertesten sitzen«, grinste er.

Dominik hatte von seinem Chef ein Lob erhalten, denn er war in der Lage, die aufgeregten Menschen am Telefon so schnell beruhigen zu können, dass sie durch korrekte und präzise Angaben ohne Verzögerung Hilfe bekamen.

Mary hatte Yasmin später im Vertrauen erzählt,

sie sei absolut glücklich über seinen neuen Job. Dominik sei in der kurzen Zeit viel ausgeglichener und zufriedener geworden. Und das tat ihrer Ehe sehr gut.

Die letzten zehn Sekunden vor Mitternacht zählten die Gäste gemeinsam herunter, zweihundert Gläser erklangen und begrüßten freudig das neue Jahr. Die Freunde umarmten sich und wünschten sich nur das Beste für die kommenden Monate.
  Die Mäntel wurden geholt und gemeinsam traten sie vor das Hotel. Lance schob Dominiks Rollstuhl.
  Es gab ein prächtiges Feuerwerk und man konnte sich gar nicht sattsehen an den bunt glitzernden, Funken sprühenden Raketen, die den Himmel erhellten und ihn erstrahlen ließen.

Melly und Taro standen eng umschlungen und schauten gemeinsam in das laute und funkelnde Himmelsspektakel. Sie waren ganz in ihrer eigenen Welt versunken.

Fenja und Valentin hingegen gingen von Gast zu Gast, um ihnen alle guten Wünsche für das neue Jahr zu übermitteln. Fenja stellte zufrieden fest, dass ihr dieser Part des neuen Berufslebens als Hotelchefin sehr viel Freude bereitete. Und Valentin war stolz auf seine hübsche Frau, die für jeden Gast die richtigen Worte fand.

»Komm mal mit!« Hannes zog Yasmin weg von dem Trubel in Richtung des Parks und blieb unter einem mächtigen, schneebedeckten Baum stehen. Plötzlich hatte er beide Hände hinter seinem Rücken. Er lächelte sie an. »Willst du rechts oder links?«

Ein bisschen verwirrt sah Yasmin ihn an, sagte aber automatisch »Bitte links.«

Hannes holte seine geballte Faust hervor. Er drehte sie herum und öffnete sie langsam. Zum Vorschein kam ein funkelnder Ring.

»Dies ist der schönste Anlass, den ich mir vorstellen kann, um dir einen Heiratsantrag zu machen, mein Herz. Möchtest du meine Frau werden?«

Überglücklich fiel ihm Yasmin mit einem gehauchten »Ja« um den Hals.

Und um sie herum erreichte das Feuerwerk seinen sprühenden, funkelnden Höhepunkt, als wolle es damit gratulieren.

Lance hatte seinen Arm um Paulas Schulter gelegt.

»Schau mal. Es ist zwar schon abnehmender Mond, aber er leuchtet wunderschön. Und ich habe sozusagen ein Mondschein-Date mit einer bezaubernden Frau.«

»Mein letztes Jahr war eher traurig und ich ...«, setzte Paula an, doch Lance legte ihr seinen Zeigefinger auf den Mund. »Pscht ..., schauen wir mit Vorfreude auf das, was für uns beide kommt.« Er zog sie an sich, küsste sie ganz zärtlich und flüsterte dann in ihr Ohr: »Ich liebe dich, Paula, ich liebe dich so.«

♥ 34 ♥

Die kommenden Monate brachten viele Veränderungen für alle Freunde.

Mary und Dominik zogen, wieder durch Vermittlung von Frau von Sellbach, diesmal allerdings in offener Kommunikation, in ein rollstuhlgerechtes Eigenheim.

Aus tiefem Dank lud sie die beiden zu einem Abendessen ins neue Haus ein und Carlotta von Sellbach war beeindruckt von den Kochkünsten Marys.

»Da würde glatt so mancher Sternekoch erblassen«, lobte sie ehrlich.

Ulrich von Sellbach fühlte sich wohl, war er nicht der einzige körperlich Eingeschränkte, denn er konnte mittlerweile auf einen Stock nicht mehr verzichten. Er und Dominik hatten sofort einen guten Draht zueinander.

Die von Sellbachs berichteten, dass sie von nun an ihren Lebensraum splitten würden, ein halbes Jahr wollten sie hier im Norden Deutschlands bleiben, das andere planten sie, in ihrem Chalet zu verbringen.

Das Chalet lernten nun endlich auch Fenja und Valentin kennen.

Sie übertrugen die Verantwortung für eine Woche komplett auf Yasmin, der sie hundertprozentiges Vertrauen entgegenbrachten.

Die wenigen Tage Auszeit taten ihnen nach den anstrengenden Monaten mehr als gut und sie tankten ihre Energiespeicher wieder voll auf. Es war noch Wintersaison und so wedelten sie die Hänge hinab, gönnten sich Après-Ski und verbrachten die Morgenstunden bei ausgiebigem Frühstück mit Carlotta und Ulrich, die sich über den Besuch von Herzen freuten.

Yasmin war nach einer Woche mit wenig Schlaf und großer Verantwortung »fertig wie ein Brötchen«, so äußerte sie sich gegenüber ihrem Hannes. »Mal so einen Job allein machen, ist ja ganz cool, aber auch höllisch anstrengend.«

»Ist denn was schiefgelaufen?«, fragte Hannes besorgt, weil seine Verlobte nach ihrem Satz noch einmal heftig aufgestöhnt hatte.

»Nein, es geht alles gut – vielleicht ist es einfach nur ungewohnt.«

»Siehste, du wuppst das. Ist doch ein tolles Erfolgserlebnis für dich. Du brauchst keine Katastrophen beichten.«

»Stimmt auch wieder!« Und urplötzlich voller Energie und bester Laune zog sie Hannes ins Schlafzimmer. »Ich verpasse dir jetzt ebenfalls ein Erfolgserlebnis.«

Drei Wochen nach der Rückkehr von Fenja und Valentin gab es zwei Überraschungen für Yasmin. Die erste war privater Natur. Hannes kam mit einem grau-schwarz gestreiften Katzenbaby nach Hause.

»Oh nein, wie süß ist das denn?«, quietschte Yasmin los. »Aber wollten wir nicht gemeinsam ins Tierheim gehen?«

»Mary und ich wurden heute zu einem Notfall gerufen. Man hatte sich unklar ausgedrückt. Wir dachten an Menschen, allerdings streiften stattdessen zwei Katzenbabys hilflos und klagend durchs Gebüsch. Wir haben sofort die Tierhilfe benachrichtigt. Sandra ist immer noch die Leiterin und ich habe mit ihr gesprochen. Nach einem kurzen Check beim Tierarzt kam Entwarnung. Beide sind Mädchen, unterernährt, haben also schon länger keine Mama mehr, sind sonst jedoch gesund. Ich habe gleich gesagt, ich nehme eins mit und Mary hat das andere eingepackt. Sandra war ganz erleichtert, nicht noch weitere Notfälle zu haben.«

Das Katzenbaby maunzte laut und schaute neugierig aus dem Handtuch heraus, mit dem Hannes es liebevoll umhüllt hatte.

»Ob wir nun ein Tierkind aus dem Tierheim holen oder der hübschen Lady hier ein Zuhause geben, das ist doch egal, oder?«, versuchte er, sich zu rechtfertigen.

»Völlig.«

Das Miauen brachte Smokey auf den Plan.

Auf flinken lautlosen Pfoten kam er heran. Hannes hielt ihm das winzige Bündel behutsam hin. Das Baby maunzte erneut und Smokey schreckte mit einem Satz zurück. Hannes und Yasmin lachten los.

Dann jedoch kam Smokey ganz langsam und vorsichtig näher, schnupperte, drehte ab, kam erneut heran, schnupperte noch einmal intensiv und damit war die Sache offenbar für ihn erledigt. Dem Katzenbaby schien das gefallen zu haben, es miaute Smokey kläglich hinterher.

»Unser Mädchen braucht einen Namen«, Yasmin küsste das kleine Katzenköpfchen. »Wie wäre es mit Holly?«

»Was hältst du denn von Bella?«

»Ach nö. Und Krümelchen?«

»Nein!«, wehrte Hannes sofort ab. »Und Mimi?«

»Oh ja, Mimi ist schön. Willkommen bei uns, Mimi. Gib sie mir doch mal!« Yasmin nahm das plüschige Wesen entgegen. Sie ging damit zur Couch, wo Smokey sich bereits wieder ausgestreckt hatte. Mit Vorsicht legte sie Mimi in einigem Abstand zu ihm hin. Die robbte sich zu Yasmins Schreck sofort an Smokey ran. Aber siehe da, Smokey ließ es geschehen.

»Babybonus«, kommentierte Hannes trocken.

Und ab diesem Zeitpunkt waren die beiden ein Herz und eine Seele.

Die zweite Überraschung für Yasmin war halb privat, halb beruflicher Natur.

Fenja kam zu ihr ins Büro und schloss die Tür hinter sich. Das war ungewöhnlich, aber sie ließ ihre Freundin nicht lange im Unklaren. »Unser Urlaub war sehr erfolgreich.«

»Das weiß ich doch. Ihr seid bestens erholt zurückgekommen.«

»Das meine ich nicht. Wir vervielfältigen uns«, kicherte Fenja los. »Guck nicht so komisch! Ja, ich bin schwanger!«

Yasmin ignorierte den schmerzhaften Stich, der sie kurz durchzuckte, sprang aber auf und nahm Fenja in die Arme. »Das ist großartig. Ich freue mich mit dir.« Dennoch hatte sie Tränen in den Augen.

»Oh ich wusste, dass ich dir damit wehtue«, jammerte Fenja los, als sie es bemerkte. Doch Yasmin winkte ab. »Mach dir keine Gedanken, das Leben ist auch gut zu mir.« Trotzdem arbeitete sie den Rest des Tages eher unkonzentriert.

Für Lola bereitete sie die Bridal Shower mit dem Thema Softeis vor. Lola war begeistert. »Klasse, was du für Ideen hast!«, freute sie sich.

Ihre gemeinsame Freundin Mariana kam erstaunlicherweise zur wenig später folgenden Hochzeit allein.

»Wo hast du denn Mick gelassen?« fragte Yasmin und Paula setzte hinzu: »Sag nicht, er ist schon wieder unterwegs. Er wollte doch kürzertreten, hat er allen verkündet.«

Mariana schüttelte den Kopf. »Tut er nicht. Und ich bin nicht mehr mit ihm zusammen.«

»Wie?« Sie war sichtlich betroffen. »Was ist passiert?«

»Tja, wie soll ich das jetzt beschreiben?« Sie schaffte es dann allerdings ganz gut.

Yasmin hatte seinerzeit genauso empfunden. Mick war eigentlich mehr an sich und seinen Reisen interessiert, als an einer funktionierenden Partnerschaft. Er hatte gehofft, Mariana würde ihren Job aufgeben und mit ihm globetrotten, nach seinen Konditionen. Das jedoch wollte Mariana nicht. »Nicht schlimm. Ich fange männertechnisch nochmal von vorne an.

Philipp war ein Couch-Potato, Mick das Gegenteil. Ich brauche eine gesunde Mischung, damit es passt.«

»Dann gönn dir doch einfach mal ein Mondschein-Date. Ich hätte da eine prima Adresse.«

»Sag bloß!« Mariana war sichtlich interessiert. »Erzähl mal ...«

Mellys Hochzeit im April schloss sich an. Für die Bridal Shower hatte Yasmin Musicalkarten besorgt und die fröhliche Schar brach mit euphorischer Laune auf. Die Mädels feierten ausgelassen.

Auch beim Kauf des Brautkleides waren sich alle einig. Melly stand die aufwendige Prinzessinnen-Variante am besten, die sie sich für ihre Hochzeit gewünscht hatte. Das auf Figur gearbeitete Oberteil punktete mit einem tiefen, perlenbesetzten Ausschnitt, während der Organzarock mit großer Weite und Stickerei bestach. Zudem entschied sich Melly für einen langen Schleier. »Ich will unbedingt das volle Programm! Nur wo kommt jetzt meine Blume hin?«

»An diesem Tag gibt es eben mal kein Blümchen fürs Haar!«, bestimmte Paula.

»Hm.« Melly zog einen Flunsch.

»Da muss ich Paula ausnahmsweise mal Recht geben«, mischte sich Yasmin ein. »Zu einem Schleier passt das wirklich nicht. Aber du kannst dir doch in jedem Fall einen weißen Blumenschmuck fürs Haar kaufen, denn um Mitternacht kommt der Schleier ja ab. Ich finde, das ist eine wunderbare Alternative.«

Melly strahlte. »So mache ich es. Danke, Yasmin.« Happy warf sie ihrer Freundin einen Luftkuss zu.

Taro war positiv aufgeregt, denn seine Mutter hatte für die Hochzeit zugesagt. Sie wollte es sich nicht nehmen lassen, diesen besonderen Tag ihres einzigen Kindes mitzuerleben.

»Wir müssen uns um sie kümmern. Sie spricht nur Japanisch.« Taro war ganz der besorgte Sohn.

»Du, ich habe reichlich zu tun. Es ist kurz vor der Hochzeit.« Melly war alarmiert. »Wo soll ich da die Zeit hernehmen?«

»Ich übernehme das.« Es war Taro ein Herzensbedürfnis. »Ich werde sie schließlich in Zukunft selten sehen.«

Sie hatten für Frau Yamada die Kapitänssuite gebucht. »Sie ist zwar ein bisschen groß«, hatte Melly Fenja erzählt, »aber sie soll zu unserer Hochzeit richtig schön wohnen.«

Als der Tag ihrer Ankunft gekommen war, fuhren beide gemeinsam zum Flughafen, um sie abzuholen.

Die Überraschung war riesengroß, denn als sich die automatische Tür öffnete, die alle Passagiere nach der Zollkontrolle ausspuckte, erschien Taros Mutter nicht allein. Sein Vater war mitgekommen. Er und Taro fielen sich weinend in die Arme.

Yasmin heiratete ihren Hannes im Juli. Sie, die eigentlich die Bodenständigste von allen war, entschied sich überraschend für ein kurzes Designer-Kleid aus Schweizer Spitze.

»Damit kann ich prächtig tanzen und meine High Heels kommen toll zur Geltung«, argumentierte sie. Trotzdem überraschte sie ihre Freundinnen mit dieser Wahl.

Frau Hendersen war der Ehrengast der Hochzeitsgesellschaft und sichtlich gerührt darüber. Sie saß mit am Brauttisch und für Yasmin fühlte es sich gut und richtig an. Sie hatte der alten Dame so viel zu verdanken.

Yasmins Eltern genauso wie Carlotta und Ulrich von Sellbach nahmen Frau Hendersen in jedem Gespräch mit und es gab das eine oder andere Gelächter, denn auch sie gab einige lustige Episoden aus ihrem langen Leben preis.

Sie verabschiedete sich mit den Worten: »Wunderbar, am Ende des eigenen Lebens noch an der Hochzeit eines glücklichen, jungen Paares teilhaben zu können.«

Wenige Tage vorher hatte die Brautparty von Yasmin stattgefunden. Fenja, Melly und Paula hatten sie gemeinsam organisiert. Sie fand auch nicht im Hotel, sondern bei Melly im Penthouse statt.

Es wurden unvergessliche Stunden. Die Sonne strahlte angenehm vom Himmel, der Dachgarten war festlich geschmückt und die Mädels vergnügten sich ausgiebig.

Taro war zu Hannes ausquartiert worden, denn als Überraschung für Yasmin gab es am Abend eine spaßige Pyjama-Party, die, begleitet vom Sternengefunkel einer klaren und milden Sommernacht, erst am nächsten Morgen endete.

Fenja zog sich schon im Spätsommer mehr und mehr aus dem operativen Hotelgeschäft zurück, da die Schwangerschaft zum Ende hin nicht ganz komplikationslos war.

Yasmin übernahm nun vorübergehend weitere Verantwortung in der Hotelleitung. In ihrer nun erst einmal spärlichen Freizeit kümmerte sie sich um

Smokey und Mimi und wie immer mit viel Liebe um ihren Garten.

Mitte November war es dann soweit, Fenjas Tochter wurde per Kaiserschnitt entbunden und jeder der Freunde war verrückt nach der kleinen süßen Imea.

So wurde aus der verschobenen Nachfeier von Fenjas und Valentins Hochzeit eine fröhliche Baby Welcome Party.

Und Paula?

Ihr Jahr mit Lance war ganz besonders geworden.

Die ersten Wochen waren sie abwechselnd mal in ihrer, mal in seiner Wohnung Und irgendetwas fehlte immer in der meist hastig gepackten Reisetasche. So beschlossen sie, zusammenzuziehen.

Beinahe wäre das aber noch schiefgelaufen, denn die Verflossene von Lance meldete sich telefonisch ausgerechnet in dem Moment, als Lance bei Paula einzog. So bekam sie einen Teil der Unterhaltung mit, aus dem sie auch richtig schloss, dass dies nicht das erste Gespräch zwischen dem Expaar war.

Wut und Eifersucht schwappten in ihr hoch und Lance hatte Mühe, ihr glaubhaft zu versichern, dass der Kontakt nicht von seiner Seite aus gesucht wurde.

»Was soll ich denn tun, Paula? Geh ich nicht dran, nervt das dauernde Klingeln oder die sabbelt mir die Mailbox voll, und das ständig.«

»Na so was! Und du kannst das nicht abstellen?« Paula Stimme triefte vor Spott und sie stemmte die Hände in die Hüften. »Versprich mir, dass du das sofort änderst, ansonsten kannst du deine Möbel gleich retour in den Umzugs-LKW bringen lassen! Und – das – meine – ich – verdammt – ernst!«

Genauso bedrohlich, wie die letzten Worte gesprochen waren, kam es auch auf Lance rüber. »Aber ich kann doch nicht ...«
Paulas Augen sprühten Feuer, als sie ihm den Satz abschnitt. »DU – KANNST!«
Letztendlich änderte er diplomatisch seine Handynummer und der Spuk war damit vorbei. Hätte ich eigentlich schon früher drauf kommen können, stellte er mit einer gewissen Selbstreflexion fest.

Paula reiste mit Lance nach Südafrika. Sie lernte seine sympathischen Eltern und seinen pfiffigen Bruder kennen. Sie fühlte sich gleich wohl und erlebte dort eine traumhafte Zeit.

Lance zeigte ihr all die Dinge, die ihm am Herzen lagen. Von seinen Eltern wurde sie nach Strich und Faden verwöhnt.

Sie saßen bei einem atemberaubenden Sonnenuntergang am Strand von Kapstadt, hörten den gleichmäßigen Rhythmus der Wellen und beobachteten, eng aneinandergeschmiegt, den Wechsel des Lichts. Lance ließ für einen kurzen Moment ihr Herz höher schlagen. »Ich möchte dich etwas fragen.«

Paula hatte ihn angelächelt. »Leg los.« Würde er ihr in dieser romantischen Stimmung einen Heiratsantrag machen? Sie wohnten zusammen, sie harmonierten, sie liebten sich exzessiv. Besser könnte ihrer Meinung nach eine Beziehung nicht sein.

»Könntest du dir vorstellen, hier zu leben?«
Überrascht sah sie ihn an. Mit dieser Frage hatte sie nicht gerechnet. Ihre Enttäuschung schluckte sie herunter. »Darüber habe ich mir noch nicht den klitzekleinsten Gedanken gemacht.«

Er nickte nur und schaute aufs Meer hinaus.

»Du möchtest wieder ganz hierher?«

»Ich bin unschlüssig.«

Mit dieser Unschlüssigkeit und ihren eigenen Überlegungen dazu flogen sie nach Deutschland zurück. Das Thema wurde zwischen ihnen nicht erneut aufgegriffen, es ruhte schlichtweg, und so stand einige Monate später die nächste Südafrika-Reise an.

Paula war keinen Schritt weitergekommen. Sie mochte seine Familie gern, fühlte sich in Südafrika wohl, aber ganz hier leben? Sie wusste es einfach nicht.

Ihre Freundinnen wären nicht mehr da – könnte sie sich das überhaupt vorstellen? Und was würde aus ihrer Praxis? Oh Mensch!

Sie spazierten Hand in Hand an demselben Strandabschnitt entlang, an dem sie vor einigen Monaten gesessen hatten. Der Sonnenuntergang stand kurz bevor.

Lance blieb stehen und nahm sie in den Arm. »Ich möchte dich etwas fragen.«

Och nee, same procedure as last time? Bitte, bitte nicht diese ungeklärte, schwierige Sache mit dem Umzug!

Er hob ihr Kinn mit seinem Zeigefinger an und sah ihr liebevoll in die Augen.

»Möchtest du mich heiraten, Paula? Es ist egal, wo wir leben werden. Du hattest mir von einem Hund erzählt, den du gerne hättest. Da bin ich bei dir. Wir suchen uns gemeinsam einen passenden Wuffel aus. Ich will nur bei dir sein. Ohne dich geht gar nicht mehr.«

Paula starrte ihn an. Es kommt immer anders, als man denkt, ging ihr durch den Kopf.

»Paula, bitte, was ist? Möchtest du mich heiraten?«

Sie legte ihre Hände um seinen Hals. »Ja, Lance, ich will.« Sie überlegte einen Augenblick. »Aber lass uns ein Datum aussuchen, an dem der Mond hell scheint.«

Das war der letzte Teil
der
Happy Days Reihe …

und wir hoffen, es hat Spaß gemacht, unsere vier Mädels ein Stück ihres Lebensweges zu begleiten.

Weihnachtsglitzern

Dieses Jahr soll das schönste Weihnachtsfest ever werden, denn Magali will ihren Eltern, Großeltern und Bruder Pierre ihre große Liebe Markus vorstellen. Traditionsgemäß verbringt die Unternehmerfamilie Rehwald die Weihnachtstage gemeinsam in ihrem Stadtpalais.
Zu Gast ist außerdem Joe, Pierres Freund aus Kindertagen. Überraschend gesellt sich auch Magalis Studienfreundin Annett dazu, da sie frisch getrennt und allein ist.
Die Rehwalds verdienen ihr Geld mit einem speziellen Likör, dessen Zusammensetzung streng geheim gehütet wird. Aber genau diese Rezeptur ist in Gefahr, denn ein Weihnachtsgrinch lauert ganz nah …

»Komm besser sofort. Ich gehe heute noch von Bord«, hatte ihr Vater, Kreuzfahrtkapitän Jens Jakobsen, am Telefon gesagt.

In Sorge um ihren erkrankten Großvater und mit schlechtem Gewissen, den Weg fast zwei Jahre lang nicht mehr zurück in ihre Heimatstadt gefunden zu haben, reist Insa überstürzt nach Cuxhaven. Völlig unerwartet findet sie veränderte Verhältnisse vor.

Im Haus ihres Großvaters lebt eine schwangere junge Frau mit einem großen Hund. Sie lernt den attraktiven Notfallsanitäter Björn sowie den sympathischen Hotelbesitzer Arne kennen. Beide Männer treffen voll Insas Beuteschema, wäre da nicht ihr Freund Martin, der im Rheinland auf sie wartet.

Doch zuerst verschenkt Insa ihr Herz an einen anderen liebenswerten Kerl – Kolumbus, die gelungene Mischung aus Labrador und Golden Retriever.

Insa zieht es mit aller Kraft ihres Herzens zurück in ihre Heimatstadt Cuxhaven. Sie vermisst ihren felligen Freund Kolumbus schmerzlich. Annies Baby wird in Kürze das Licht der Welt erblicken und auch Hotelier Arne weckt Gefühle in ihr.
Da wird sie von ihrer Chefin Linda mit einem zukunftsweisenden Vorschlag überrascht und sie kann ihr Glück kaum fassen.
Aber bevor Insa ihr Happy End bekommt, sind noch einige unerwartete Hürden zu überwinden.
Sie erlebt ein unangenehmes Wiedersehen mit ihrem Ex Martin, Arne verhält sich plötzlich merkwürdig und dann titscht sie zu allem Überfluss auf einem Supermarkt-Parkplatz das Auto eines Krabbenfischers an.

Die erfolgreiche Antiquitätenhändlerin Marie lernt an einem schneereichen Abend, schon in Gedanken beim jährlichen Weihnachtsurlaub mit ihrem Lebensgefährten in der Schweiz, den neunjährigen Finn und seine Großmutter kennen.
Die beiden wirbeln ihr Leben mächtig durcheinander. Für Verwirrung sorgt zudem Streifenpolizist Marvin.
Marie besinnt sich wieder auf die traditionellen Werte des Weihnachtsfestes, und so trifft sie eine folgenreiche Entscheidung.

Es gibt von uns noch weitere
♥-Geschichten
mit viel Gefühl, Liebe und Happy End.

Infos dazu gibt es auf unserer
Homepage

www.sylvia-und-sigrid.de

und bei Amazon

Printed in Germany
by Amazon Distribution
GmbH, Leipzig

16463924R00139